Федоръ Достоевскій

MEMÓRIAS DO SUBSOLO

Conheça os títulos da coleção SÉRIE OURO:

1984
365 REFLEXÕES ESTOICAS
A ARTE DA GUERRA
A DIVINA COMÉDIA - INFERNO
A DIVINA COMÉDIA - PARAÍSO
A DIVINA COMÉDIA - PURGATÓRIO
A IMITAÇÃO DE CRISTO
A INTERPRETAÇÃO DOS SONHOS
A METAMORFOSE
A MORTE DE IVAN ILITCH
A ORIGEM DAS ESPÉCIES
A REVOLUÇÃO DOS BICHOS
ALÉM DO BEM E DO MAL
ALICE ATRAVÉS DO ESPELHO
ALICE NO PAÍS DAS MARAVILHAS
ANNA KARÊNINA
ASSIM FALOU ZARATUSTRA
CARTAS A MILENA
CONFISSÕES DE SANTO AGOSTINHO
CONTOS DE FADAS ANDERSEN
CRIME E CASTIGO
DOM CASMURRO
DOM QUIXOTE
ÉDIPO REI
FAUSTO
GARGÂNTUA & PANTAGRUEL
GENTE POBRE
GUERRA E PAZ
MEDITAÇÕES
MEMÓRIAS DO SUBSOLO
MEMÓRIAS PÓSTUMAS DE BRÁS CUBAS
MITOLOGIA GREGA E ROMANA
NOITES BRANCAS
O CAIBALION
O DIÁRIO DE ANNE FRANK
O IDIOTA
O JARDIM SECRETO
O LIVRO DOS CINCO ANÉIS
O MORRO DOS VENTOS UIVANTES
O PEQUENO PRÍNCIPE
O PEREGRINO
O PRÍNCIPE
O PROCESSO
ORGULHO E PRECONCEITO
OS IRMÃOS KARAMÁZOV
PERSUASÃO
RAZÃO E SENSIBILIDADE
SOBRE A BREVIDADE DA VIDA
SOBRE A VIDA FELIZ & TRANQUILIDADE DA ALMA
VIDAS SECAS

Conheça os títulos da coleção SÉRIE LUXO:

JANE EYRE
O MORRO DOS VENTOS UIVANTES

DOSTOIÉVSKI

MEMÓRIAS DO SUBSOLO

GARNIER
DESDE 1844

GARNIER
DESDE 1844

Fundador: **Baptiste-Louis Garnier**

Título original: Notes from the Underground

1ª Impressão 2025

Presidente: Paulo Roberto Houch
MTB 0083982/SP

Coordenação Editorial: Priscilla Sipans
Coordenação de Arte: Rubens Martim (capa)
Tradução e Notas: Murilo Oliveira de Castro Coelho
Preparação de Texto e Revisão: MC Coelho - Produção Editorial
Apoio de Revisão: Leonan Mariano
Imagens: Wikimedia Commons; Shutterstock (página 6)

Vendas: Tel.: (11) 3393-7727 (comercial2@editoraonline.com.br)

Foi feito o depósito legal.
Impresso na China

Dados Internacionais de Catalogação na Publicação (CIP)
de acordo com ISBD

D724m Dostoiévski, Fiódor

Memórias do Subsolo - Série Ouro / Fiódor Dostoiévski. –
Barueri : Garnier Editora, 2025.
176 p. ; 15,1cm x 23cm.

ISBN: 978-65-5310-016-9

1. Literatura russa. I. Título.

2025-2507 CDD 891.7
CDU 821.161.1

Elaborado por Vagner Rodolfo da Silva - CRB-8/9410

IBC — Instituto Brasileiro de Cultura LTDA
CNPJ 04.207.648/0001-94
Avenida Juruá, 762 — Alphaville Industrial
CEP. 06455-010 — Barueri/SP
www.editoraonline.com.br

SUMÁRIO

Apresentação 7

Nota do Autor
Uma Novela 23

PARTE I
Subsolo

I 26
II 30
III 34
IV 39
V 41
VI 44
VII 46
VIII 54
IX 61
X 65
XI 67

PARTE II
A propósito da neve derretida

I 74
II 89
III 95
IV 107
V 120
VI 126
VII 140
VIII 149
IX 161
X 169

APRESENTAÇÃO

Dostoiévski: Um Mestre na Literatura Russa

Fiódor Mikháilovitch Dostoiévski nasceu em 11 de novembro de 1821, em Moscou, numa família de classe média. Era filho de Mikhail Andréievitch Dostoiévski, um médico severo, e Maria Fiódorovna, uma mulher gentil, por quem Fiódor nutria profundo carinho.

O escritor passou a infância frequentando o hospital em que seu pai trabalhava, tendo contato direto com os enfermos da classe mais baixa da cidade. Alguns biógrafos apontam que daí teria vindo a empatia e a preocupação com questões sociais que o escritor mostra em suas obras. Outros estudiosos dizem que seu lado mais humano teria vindo da mãe que, mesmo anos após sua morte, continuava sendo lembrada nos arredores da propriedade rural da família por sua caridade.

O jovem Dostoiévski foi educado em casa até 1833, quando ele e seu irmão Mikhail passaram a estudar em um externato. Essa transição foi dura para o jovem Fiódor, porém, as coisas iriam piorar em 1836, ano em que perdeu a mãe. E, em 1838, seu pai o enviou para a Academia de Engenharia Militar, mesmo que o verdadeiro desejo de Dostoiévski fosse seguir a carreira literária.

Após a morte do pai em 1839, Fiódor se viu livre para escrever e, em 1846, lançou seu primeiro livro, que foi fortemente elogiado pelo público e pela crítica. O escritor tornou-se um fenômeno da noite para o dia, elogiado até por um dos maiores críticos da época, Bielínski. Infelizmente, as obras subsequentes acabaram não sendo tão bem recebidas pelo cenário literário, que não entendia as publicações de Dostoiévski e criticava o autor por sua influência romântica, movimento que começou a ser questionado na época.

Mesmo com as adversidades, o autor continuou publicando até 1849, quando foi preso pelo regime tsarista por frequentar círculos intelectuais que propagavam ideias contrárias ao governo. Dostoiévski foi condenado à morte, mas, no momento de sua execução, a pena foi comutada para prisão. Ele acabou sendo exilado na Sibéria e submetido ao trabalho forçado. Os dez anos de exílio foram duros e transformaram a vida e a obra de Fiódor para sempre.

Dostoiévski retornou do exílio em 1859 e, cinco anos depois, em 1864, perdeu sua primeira esposa, Maria Dmítrievna e seu irmão, Mikhail Dostoiévski. Seguiu-se um período conturbado na vida de Dostoiévski, que enfrentava problemas financeiros em decorrência do seu vício em jogos — hábito este já havia levado o autor a trabalhar contando com o pagamento adiantado de obras que oferecia aos editores da época. Curiosamente, uma de suas dívidas o forçou a escrever, em 1867, *O Jogador* num ritmo frenético para que não perdesse os direitos de publicação de seus livros. Assim, ele precisou contar com a ajuda da estenógrafa Anna Grigórievna Snítkina e, durante o processo de escrita, os dois se aproximaram e Anna acabou sendo sua segunda esposa.

Após o casamento, Dostoiévski e a esposa viajaram pela Europa por quatro anos, fugindo de credores do autor na Rússia, sendo que só retornaram ao país em 1871. Desse ano até a sua morte, o autor produziu ainda dois clássicos da literatura russa: *Os Demônios* e *Os Irmãos Karamázov*, estando o último entre as suas grandes obras-primas.

Dostoiévski continuou publicando fascículos de *Os Irmãos Karamázov* pelos últimos anos de sua vida e faleceu de hemorragia pulmonar em sua casa, no dia nove de fevereiro de 1881, em São Petersburgo. Uma multidão de aproximadamente 30 mil pessoas acompanhou o seu enterro.

Memórias do Subsolo

A escrita de *Memórias do Subsolo* foi forjada em meio a um turbilhão de crises pessoais e financeiras que moldaram profundamente o tom da obra e sua mensagem. Em 1864, Fiódor Dostoiévski se encontrava em um abismo de desespero. Seu casamento com Maria Dmítrievna fora marcado por tensões e conflitos, mas sua morte o mergulhou em uma solidão avassaladora. A perda foi seguida por outra devastação: a morte de seu irmão Mikhail, seu mais fiel confidente e parceiro editorial.

Os dez anos que Dostoiévski passou exilado continuavam a assombrá-lo. Sob o regime de trabalho forçado, ele conviveu com criminosos e testemunhou a humilhação, o isolamento e a privação em sua forma mais cruel. No entanto, ali ele também viu as profundezas e contradições da alma humana. As ilusões de reformas sociais e do progresso racional foram esmagadas sob o peso dessa realidade brutal. Dostoiévski compreendeu que, diante do sofrimento, as pessoas não agem de forma lógica ou previsível. Muitas vezes, escolhem caminhos autodestrutivos, impulsionados por uma busca desesperada por significado, liberdade e afirmação pessoal.

Essa transformação de perspectiva está no cerne de *Memórias do Subsolo*. Na obra, Dostoiévski lança um ataque feroz às ideias de progresso racional e de utilitarismo que dominavam o pensamento europeu e russo daquele tempo. O narrador, o enigmático "homem do subsolo", desafia a crença de que o ser humano pode ser compreendido e controlado por sistemas racionais. Em vez disso, Dostoiévski apresenta a irracionalidade como uma característica essencial da liberdade humana, uma força selvagem que desafia qualquer tentativa de domesticação. Outra característica marcante nessa história é que podemos ver a genialidade do autor em unir a lei de Cristo e a lei da personalidade, temas que vão permear toda a obra subsequente de Dostoiévski.

Memórias do Subsolo é uma jornada pela mente de um narrador introspectivo e contraditório, que se isola voluntariamente e rejeita as convenções sociais. Dividida em duas partes, o título oferece, na primeira seção, uma crítica mordaz às filosofias dominantes. O narrador nega a ideia de que o ser humano é motivado apenas pela razão e pelo interesse próprio. Ele argumenta que, por vezes, o sofrimento e o caos são escolhas deliberadas para afirmar a própria liberdade. Com um sarcasmo singular, ele desmonta as noções simplistas de progresso e felicidade, expondo a complexidade e o absurdo da existência humana.

Na segunda parte, o narrador revisita episódios de seu passado, revelando uma luta interna entre o desejo de se conectar com os outros e sua incapacidade de superar o orgulho e a insegurança. Ele sabota suas próprias relações, preso em um ciclo de ressentimento e autopunição.

Memórias do Subsolo não teve uma grande repercussão no momento de sua publicação, em 1864. Com o passar dos anos, porém, a obra foi reavaliada como visionária. Seu mergulho nas profundezas da psicologia humana e suas reflexões sobre liberdade e irracionalidade anteciparam muitos dos dilemas filosóficos e existenciais do século XX. O que antes fora ignorado passou a ser reconhecido como um marco na literatura psicológica e filosófica.

Dostoiévski transformou sua turbulência pessoal em uma crítica implacável à sociedade e um exame profundo da alma humana. *Memórias do Subsolo* não é apenas uma obra literária — é um grito existencial, um convite para confrontarmos as sombras de nossa própria condição.

A Produção Literária de Dostoiévski

Os escritos de Dostoiévski são marcados por uma impressionante diversidade de formas, que abrange artigos, cartas pessoais, memórias, contos, novelas e romances de grande profundidade, principalmente pelo tratamento sensível das angústias individuais, dos sentimentos de isolamento e das contradições da alma humana. Acompanhe algumas das obras que compõem um dos mais profundos e impactantes legados da literatura universal:

1. *Gente Pobre* (1846): Uma Estreia Realista e Comovente

Esse romance epistolar marcou a estreia de Dostoiévski na literatura e imediatamente caiu nas graças da crítica, sendo até mesmo elogiado por Bielínski, um dos principais críticos literários da época na Rússia. Na obra, as cartas entre Makar Diévuchkin, um humilde funcionário público, e Varvára Alexeievna, uma jovem órfã, revelam as angústias dos oprimidos na sociedade russa. A crítica social e a empatia com os desfavorecidos impressionaram a crítica e estabeleceram Dostoiévski como uma nova promessa literária.

2. *A Senhoria* (1846): Um Clássico Incompreendido

Essa é uma novela em que o autor depositou muito entusiasmo e expectativa, mas que não foi tão positivamente recebida pela crítica da época, sendo compreendida e valorizada apenas no século XX. A rejeição à obra é compreensível depois que entendemos o contexto da literatura russa nos anos 1840. Inclinando-se cada vez mais para a chamada escola natural, que bebia no Naturalismo, os contemporâneos de Dostoiévski estavam buscando e valorizando obras que refletiam algum aspecto da realidade, enquanto *A Senhoria* tinha uma atmosfera muito mais misteriosa e, aparentemente, sobrenatural.

A novela tenta revitalizar a tradição romântica do conto folclórico e traz Vassíli Ordínov na figura do sonhador — modelo de personagem que vai ser recorrente na obra de Dostoiévski — homem que vive isolado e dedicando-se aos estudos, até o dia em que conhece uma bela moça rezando fervorosamente na igreja. A jovem se chama Katierina, e seu pai, Múrin, é um homem arrogante e misterioso. Num impulso, Ordínov aluga um quarto no apartamento do sujeito e, a partir daí, a trama se desenrola numa série de eventos tão mirabolantes que o próprio protagonista chega a questionar se não estaria em algum tipo de delírio ou alucinação.

3. *O Duplo* (1846): Um Mergulho na Fragmentação Psicológica

Nesta narrativa inquietante, o protagonista Goliádkin, um funcionário público, é atormentado pela aparição de seu sósia. A obra explora temas de identidade, paranoia e desintegração mental, antecipando os dilemas psicológicos que Dostoiévski aprofundaria em suas obras futuras. Essa é uma das duas pequenas obras-primas do autor, a outra é *Noites Brancas*, e foi muito incompreendida pela crítica da época, a ponto de Bielínski dizer que Dostoiévski não era tudo aquilo que prometeu no primeiro livro. Um ponto muito importante de *O Duplo* é que já podemos ver na narrativa o surgimento de um tipo de personagem muito importante na obra de Dostoiévski: o "homem do subsolo."

4. *Noites Brancas* (1848): Um Conto de Solidão e Esperança

Uma novela lírica e melancólica, *Noites Brancas* retrata um jovem solitário que vive um romance efêmero durante as longas noites de verão de São Petersburgo. A história combina sonho e realidade, captando a delicadeza e a dor das ilusões perdidas.

Essa é a criação do autor que mais se aproxima do Romantismo, e a figura do sonhador tem destaque na narrativa. Essas características fazem com que essa seja uma obra publicada na contramão da literatura russa da época, que começava a tecer fortes críticas ao Romantismo e a se aventurar pelo Realismo.

5. *Niétotchka Niezvânova* (1849): A Obra Inacabada

Após uma série de obras incompreendidas pela crítica, Dostoiévski sabia que apenas um sucesso literário poderia barrar o declínio da sua popularidade e do favoritismo entre o público. É nesse contexto que ele se põe a escrever *Niétotchka Niezvânova*, obra que antecipa conceitos da psicanálise.

Infelizmente, por ser publicada em fascículos na revista *Anais da Pátria*, a obra ficou inacabada, pois, em pouco tempo, Dostoiévski foi enviado para o exílio e o último fascículo foi publicado em maio de 1849. Anos mais tarde, quando voltou a escrever, o autor nunca finalizou a narrativa, mas é possível especular que a ideia inicial era que *Niétotchka Niezvânova* fosse um romance de formação.

Ao acompanhar Niétotchka refletindo sobre sua trajetória e todas as experiências que a moldaram, a obra traz vários dramas éticos da adolescência, como a relação com os pais e as escolhas afetivas. No decorrer dessa história, Dostoiévski consegue retratar uma personagem que habita o meio-termo entre a dedicação com a arte e com os ideais morais e sociais.

6. *O Pequeno Herói* (1857): Um Conto na Prisão

Dostoiévski foi preso em abril de 1849. Em julho, foi concedida aos presos a autorização para receberem livros e enviarem correspondência. Em cartas para o irmão, amigo e parceiro de negócios, Mikhail, o autor comenta já ter planejado três contos e dois romances no tempo em que estava preso, mas *O Pequeno Herói* acabou sendo sua única obra finalizada no cárcere, sendo publicada apenas oito anos mais tarde, anonimamente, na revista literária *Anais da Pátria*.

A obra não deixa transparecer nada do terrível período que Fiódor passou preso na Fortaleza de Pedro e Paulo, e o cenário dos ricos latifundiários em suas propriedades rurais, um universo pouco explorado pelo autor, é onde se passa essa história. Nesse ambiente, um menino de onze anos tem sua primeira experiência amorosa, e podemos ver como, anos antes de Freud, Dostoiévski conseguiu explorar, com maestria, a mente infantil.

7. *O Sonho do Titio* (1859): O Retorno do Cárcere

Após voltar do exílio na Sibéria, Dostoiévski continuou trabalhando em vários projetos, incluindo um grande romance. Porém, esse trabalho teve que ser pausado, pois o autor necessitava de dinheiro imediato e, por isso, vendeu duas histórias menores para revistas literárias da época. Uma dessas histórias, que ficaram conhecidas como novelas siberianas, foi *O Sonho do Titio*. Forçado a escrevê-la devido à sua situação financeira, Dostoiévski nutria um desprezo pela obra e se ressentia por esse ser o seu retorno ao mundo literário após tantos anos. Por isso, a escrita desse texto foi um processo penoso para o autor.

O Sonho do Titio tem um quê de comédia farsesca e conta a história de um príncipe russo decrépito e com o pé quase na cova, mas ainda assim muito rico e um tanto senil. Esse é o "titio" mencionado no título. Porém, mais do que o príncipe, aqui temos a presença de uma personagem fascinante: Maria Alieksándrova Moskáleva, uma mulher com um espírito dominante e esperta que, ao tomar consciência do velho príncipe russo em seu vilarejo, trata de elaborar um plano para casá-lo com Zina, sua filha solteirona de 23 anos.

Para o azar da mãe, a filha é orgulhosa e não deseja o casamento, pois está apaixonada por um jovem tuberculoso, mas isso não impede a senhora de inventar mil desculpas e argumentos para convencer a jovem a aceitar o matrimônio. Infelizmente, quando a mãe finalmente tem êxito em seus argumentos, um jovem burocrata rejeitado por Zina convence o príncipe senil de que o pedido de casamento que fizera para a jovem fora apenas um sonho.

8. *A Aldeia de Stepántchikovo* (1859): O Clássico que Passou Despercebido

A segunda das novelas siberianas de Dostoiévski foi considerada pelo autor como sua melhor obra até então. Infelizmente, a crítica não pensava o mesmo, e a obra chegou a enfrentar dificuldades, inclusive para ser lançada.

Essa era a segunda história prometida a uma revista literária da época. Quando começou o trabalho, Dostoiévski estava desanimado para escrever uma obra que não queria, assim como ocorreu com *O Sonho do Titio*. Porém, enquanto escrevia, começou a se empolgar e a enxergar um enorme potencial no material.

Em cartas ao irmão Mikhail, o autor diz acreditar na consolidação de sua carreira literária através da referida obra. Porém, ela foi rejeitada pela revista que havia encomendado a história e só foi publicada por um editor que admirava o autor, mas que mesmo assim não gostou da narrativa.

A grande questão é que os romances de Dostoiévski começaram a ter ritmos, personagens, reviravoltas e estilos que não eram comuns na prosa russa da época e muitos detalhes passaram despercebidos por seus contemporâneos. Por isso — e também porque grandes autores russos estavam, naquele momento, publicando muitas de suas melhores obras — tanto *A Aldeia de Stepántchikovo* quanto *O Sonho do Titio* passaram despercebidos pelo público e pela crítica de então.

9. *Sonhos de Petersburgo em Verso e Prosa* (1861): Uma Visão do Autor sobre a Cidade

Dostoiévski teve uma revista literária chamada *O Tempo*, para a qual não apenas colaborava com seus escritos, mas também com traduções, edições e notas. Como o grande escritor que era, Fiódor se dedicou a fazer uma edição de impacto para a estreia. O volume iria conter um texto do poeta D. D. Mináiev, porém o conteúdo foi tão modificado por Dostoiévski durante a edição que acabou virando *Sonhos de Petersburgo em Verso e Prosa*.

A obra conta com a prosa de Dostoiévski misturada aos versos de Mináiev e se torna um texto precioso para escritores, pesquisadores e admiradores, pois aqui Dostoiévski discorre sobre seu processo de criação e escrita, além de refletir sobre suas antigas obras, influências literárias e a própria cidade de Petersburgo.

10. *Humilhados e Ofendidos* (1861): Retratos de Amor e Sofrimento

Essa obra veio ao mundo pela primeira vez como folhetim no primeiro volume da revista *O Tempo* e encantou os leitores, embora a crítica não tenha entendido muito bem, principalmente porque parte da narrativa se mistura muito com a vida do próprio Dostoiévski, que havia voltado há pouco de um exílio de dez anos na Sibéria.

Humilhados e Ofendidos é uma obra crucial, pois vemos aqui o embrião do que se tornaria os futuros romances da maturidade do autor. O protagonismo fica por conta de Ivan Petróvitch, escritor que narra a história. A obra ganha um caráter sentimental e dramático à medida que Dostoiévski explora os sofrimentos dos marginalizados. Com uma narrativa complexa, o livro aborda temas de injustiça, traição e compaixão.

11. *Recordações da Casa dos Mortos* (1861-1862): Memórias dos Tempos no Exílio

Antes de ser exilado na Sibéria, Dostoiévski foi condenado à morte pelo regime tzarista por fazer parte de um grupo de intelectuais críticos ao sistema. Porém, pouco antes de sua morte, a pena foi comutada para o exílio. O ocorrido se deu no ano de 1849 e mudou profundamente a vida do autor.

Até então, Dostoiévski estava profundamente influenciado por socialistas utópicos, cujas ideias bebiam do idealismo alemão, corrente filosófica que começava a ser criticada sob a alegação de estar desconectada da realidade. Por isso, as duras experiências que Dostoiévski vivenciou no campo de trabalho forçado entraram em conflito com sua visão de mundo até aquele momento.

Inspirado nessa experiência na Sibéria, esse livro ganhou vida, mostrando uma visão realista e humanizada da vida nos campos de trabalhos forçados. Em *Recordação da Casa dos Mortos*, Dostoiévski denuncia a brutalidade do sistema penal russo e revela a complexidade dos prisioneiros com quem conviveu.

12. *Uma História Desagradável* (1862): Uma História Pequena que Esconde uma Grande Crítica

Publicado pela primeira vez na revista *O Tempo*, a obra traz à tona a forte estratificação da hierarquia social russa. Tudo começa quando Ivan Ilitch Pralínski, um alto funcionário de Estado, discute com amigos sobre amor e humanidade. Considerando-se um entusiasta da renovação russa, Pralínski decide entrar de penetra na festa de casamento de um de seus subordinados para demonstrar como é generoso e magnânimo.

Pralínski constrói em sua mente toda a cena de como será recebido com alegria e reverência por todos na festa, sendo louvado por sua humanidade. Porém, nenhuma das reações que recebe condiz com o que esperava. Entrando numa espiral de bebedeira, Pralínski acaba passando por vários vexames até ser confrontado por um dos convidados, que expõe que o protagonista só estava ali em busca de popularidade e para se gabar de sua humanidade.

A obra dialoga diretamente com o contexto em que Dostoiévski a escreveu. Nos anos 1860, a Rússia passava por algumas reformas conduzidas pelo tzar Alexandre II, porém, por baixo dessas "mudanças", a estrutura social não foi efetivamente alterada. Portanto, quando Pralínski se acha progressista, ele está sendo tão progressista quanto as reformas russas, ou seja, nem um pouco progressista na prática.

13. *Notas de inverno sobre impressões de verão* (1862): Uma Viagem pela Europa

Em 1862, Dostoiévski faz uma viagem pela Europa e escreve suas impressões sobre os países que visita. O resultado é *Notas de Inverno sobre Impressões de Verão*, última obra importante do autor na revista *O Tempo*.

Os relatos foram escritos por insistência de amigos que desejavam ver suas impressões sobre o continente europeu e, por isso, a obra é escrita em primeira pessoa e o autor usa o termo "meus amigos" para se referir aos leitores. Um ponto muito importante a ser lembrado é a precisa análise que Dostoiévski acaba fazendo, no decorrer de seus relatos, sobre o comportamento ocidental. Também é possível enxergar nessa obra um adiantamento de temas e símbolos que serão tratados dois anos mais tarde em *Memórias do Subsolo*.

14. *Memórias do Subsolo* (1864): O Homem do Subsolo

A obra é um marco importante na carreira do autor, pois seus temas são um prenúncio do que viria nos grandes romances que Dostoiévski escreveria depois. Ela traz um tipo de personagem que Dostoiévski trabalha muito bem e que, aqui, é apresentado de forma primorosa: o homem do subsolo. Explorando as profundezas do desespero humano, a história tem um personagem-narrador que conta sua vida ao leitor enquanto aborda questões fundamentais da existência humana.

15. *O Crocodilo* (1864): A Vida Na Barriga da Fera

O Crocodilo é um conto satírico inacabado escrito numa fase muito difícil da vida de Dostoiévski. Em 1864, ele perdeu sua primeira esposa, Maria Dmítrievna, e, logo em seguida, seu irmão, Mikhail Dostoiévski.

A família de Mikhail ficou sem nenhum sustento, e Dostoiévski teve que assumir, sozinho, todos os negócios da revista *A Época*, que, embora pertencesse a ambos os irmãos, apenas Mikhail estava administrando. A revista se encontrava afundada em dívidas e o autor, que pretendia dedicar seu tempo à escrita de romances, resolveu assumir tudo para alavancar os negócios e deixar para a família de Mikhail como fonte de sustento.

Editando, revisando, imprimindo e negociando os artigos da revista, Dostoiévski não teve tempo de escrever mais nada, por isso, a única coisa que conseguiu produzir foi *O Crocodilo*. No conto, Ivan Matvêich, um funcionário público russo, é engolido por um crocodilo exposto à visitação e sobrevive na barriga do bicho. A partir desse fato, Dostoiévski tece fortes críticas à burocracia russa e finaliza a obra com a inesperada decisão do protagonista de permanecer vivendo na barriga do animal enquanto segue com sua função de funcionário público.

16. *Crime e Castigo* (1866): O Conflito Entre Culpa e Redenção

Crime e Castigo, uma das obras-primas de Dostoiévski, nasceu de uma ruptura criativa. Inicialmente, Dostoiévski havia idealizado um conto ou uma novela, e em setembro de 1865 chegou a enviar um esboço para Katkov, o editor da revista *O Mensageiro Russo* sob a promessa de que não precisaria mais do que um mês para concluir a obra. Apesar de realmente já ter escrito boa parte da história, o autor decidiu descartar tudo e recomeçar. Segundo relatos, um novo plano o empolgou e foi o estopim para reescrever. O novo e ambicioso projeto trazia um romance, uma obra mais longa e dividida em seis partes que mergulharia fundo na mente do atormentado protagonista.

As duas primeiras partes de *Crime e Castigo* foram publicadas nas edições de janeiro e fevereiro do folhetim, e foram um sucesso imediato, atraindo cerca de quinhentos novos assinantes para a revista. O romance trouxe ao público a história de Raskólnikov, um jovem expulso da universidade e afundado na miséria que sucumbe a ideias perigosas: ele acredita que pode resolver todos os seus problemas com um único ato.

Raskólnikov decide ceifar a vida de uma velha usurária extremamente gananciosa e cruel e despojar suas joias sob o pretexto de poder custear os seus estudos e garantir um futuro melhor para si, sua mãe e sua irmã. Mas o que parecia um "golpe de alívio" se transforma em tormento. Após o crime, no entanto, Raskólnikov se vê torturado pelo próprio psicológico. Durante o mês seguinte, sente-se isolado, tomado pela culpa e pela febre, sua consciência o perseguindo implacavelmente ao ponto de sua vida se tornar completamente insuportável.

Dostoiévski teve alguns contratempos no curso de concluir a história de *Crime e Castigo*, sendo um deles a crescente censura, instalada na Rússia após o atentado contra o tzar, que o obrigou a revisar a obra diversas vezes antes de sua completa publicação. Ainda assim, com a ajuda da estenógrafa Anna Grigórievna Snítkina, Dostoiévski finalizou o título que o colocou na disputa de um dos maiores romancistas da literatura russa, ao lado de Turguêniev e Tolstói.

17. *O Jogador* (1867): Um Retrato Autobiográfico da Obsessão

Enquanto viajava pela Europa, em 1863, Dostoiévski afundou-se nos jogos e, a partir daí, surgiu a primeira ideia de uma história sobre um homem viciado em jogar. Anos depois, cheio de dívidas pessoais, muitas em decorrência do seu próprio vício, o autor resolveu passar para o papel essa história. Com um prazo muito curto para a entrega, acabou precisando da ajuda da estenógrafa Ana Grigórievna Snítkina, que tornou-se sua segunda esposa.

Aleksei Ivánovitch — protagonista da obra cuja escrita se dá em primeira pessoa, como uma confissão ou um diário — é um jovem russo da nobreza que exerce a função de preceptor e cultiva um vício em cassinos e um amor por Polina.

Embora Dostoiévski sofresse dos mesmos vícios de Aleksei Ivánovitch, a obra aborda muito mais do que a jogatina e explora o comportamento de personagens de diversas nacionalidades, na tentativa de traçar características intrínsecas aos indivíduos de cada nacionalidade. Nesse sentido, *O Jogador* é tido como a obra internacional de Fiódor.

18. *O Idiota* (1868): A Inocência em Conflito com o Mundo

Nessa obra, Dostoiévski apresenta príncipe Míchkin, um homem puro e inocente, a personificação do ideal cristão de amor. O romance investiga a corrupção, a ganância e os dilemas morais da sociedade russa enquanto coloca o personagem de Míchkin em confronto com a bela Nastácia Filíppovna, a grande protagonista feminina das obras de Dostoiévski.

Dostoiévski mostra, em *O Idiota*, o quanto suas próprias convicções morais, se levadas ao extremo, são inviáveis na sociedade. Ele faz tudo isso enquanto nos confronta com o trágico desfecho do príncipe, que se desfaz completamente durante o estranho funeral de Nastácia.

19. *O Eterno Marido* (1870): Dois Homens Unidos por um Passado Incômodo

Após concluir o extenso *O Idiota*, Dostoiévski enfrentava sérias dificuldades financeiras. Com o fim da publicação na revista *O Mensageiro Russo*, os pagamentos mensais cessaram, e sua esposa, grávida novamente, aumentava as preocupações. Pressionado por dívidas, o autor buscou novos projetos e conseguiu negociar com a recém-fundada revista *Aurora* a publicação de uma novela curta.

Em *O Eterno Marido*, Dostoiévski narra o reencontro entre dois homens unidos por um passado incômodo: Veltchaninov, o antigo amante, e Pavel, o viúvo da mulher com quem ele se envolvera. A visita aparentemente cordial logo revela um embate marcado por mágoas e ressentimentos. Com sutileza e tensão crescente, Dostoiévski constrói um drama psicológico sobre orgulho ferido, culpa e relações humanas em crise.

20. *Os Demônios* (1872): A Crise Ideológica e Espiritual

Um acontecimento chocante abalou a Rússia em 1869 e, pela primeira vez, Dostoiévski se inspirou em um acontecimento real e público para fazer uma obra. Mas, longe de escrever apenas um texto panfletário e contrário ao niilismo revolucionário, Fiódor acabou criando uma obra-prima à altura de *Crime e Castigo* e *Os Irmãos Karamázov*.

A ideia de *Os Demônios* veio a partir do assassinato de um estudante russo chamado I. I. Ivanov. O crime foi cometido por um grupo radical que tinha como líder S. G. Nietcháiev, que serviu de inspiração para um dos personagens centrais da obra: Piotr Stiepánovitch Vierkhoviénski.

A trama contém uma demonstração rara de noção histórica, críticas a lideranças revolucionárias despóticas e reflexões contrárias à negação de Deus. Tudo se passa numa cidade provinciana mediante a chegada do belo Nikolai Stavróguin e seu amigo, Piotr Stiepánovitch, que luta pela implementação e concretização do regime sugerido por Chigalióv, outro personagem da trama e detentor de feições e aspecto demoníacos.

Durante o transcorrer da história, vários dos acontecimentos mais abomináveis se desenrolam, e a impressão que o leitor tem é de que, realmente, demônios estão à solta pela cidade. E o mal, para Dostoiévski, é trágico e niilista.

21. *Bobók* (1873): Uma Publicação Anônima

Bobók foi escrito por Dostoiévski como uma resposta provocadora às críticas duras que recebeu após a publicação de *Os Demônios*. A obra foi publicada anonimamente em fevereiro de 1873 no semanário *O Cidadão*, do qual o autor era editor-chefe.

A história gira em torno de Ivan Ivanovitch, um escritor frustrado e pouco reconhecido. Após comparecer ao enterro de um parente distante, ele permanece vagando pelo cemitério. Ali, sentado próximo às lápides, começa a escutar vozes. Aos poucos, percebe que está ouvindo os próprios mortos conversando entre si: diálogos que revelam vaidades, vícios e cinismos ainda presentes mesmo após a morte.

A narrativa segue o estilo menipeia, um gênero literário em prosa que combina elementos de romance e crítica mordaz a atitudes e modos de pensar. Em *Bobók*, Dostoiévski brinca com o absurdo e o grotesco para expor contradições da sociedade e do comportamento humano.

22. *O Adolescente* (1875): A Busca por Identidade

Publicado em 1875, *O Adolescente* é uma das cinco obras principais de Dostoiévski, ao lado de *Crime e Castigo*, *O Idiota*, *Os Demônios* e *Os Irmãos Karamázov*. Embora menos popular entre o grande público, e principalmente entre os críticos da época, o romance apresenta a mesma profundidade psicológica e reflexão moral que marcam o estilo do autor.

Narrado em primeira pessoa, o livro acompanha Arkádi Dolgorúkov, um jovem de 19 anos, filho ilegítimo de um proprietário de terras. Inseguro quanto à sua origem e ao seu lugar na sociedade, o protagonista elabora um plano: tornar-se milionário e, com isso, compensar sua bastardia por meio do poder do dinheiro. Ambicioso e inexperiente, ele tenta afirmar sua identidade num mundo de relações complexas, regras morais confusas e tensões familiares mal resolvidas.

Este romance examina o tumulto emocional e a crise de identidade de Arkádi Dolgorúkov, um jovem à procura de seu lugar no mundo. A obra reflete a inquietação da juventude russa e a tensão entre ambição, moralidade e relações familiares.

23. *A Dócil e O Sonho de um Homem Ridículo* (1876 – 1881): Duas Narrativas Fantásticas

Diante de uma crescente onda de suicídios na Rússia, Dostoiévski encontra uma maneira de condensar o sofrimento a sua volta em duas narrativas fantásticas. A primeira a ser publicada, intitulada *A Dócil*, um homem passa horas diante do corpo da jovem esposa, que tirou a própria vida. Em desespero, ele tenta reconstruir mentalmente a trajetória do relacionamento entre os dois, buscando entender o que a levou ao gesto fatal.

Na segunda novela, *O Sonho de um Homem Ridículo*, o protagonista, prestes a se matar, adormece diante de um revólver e sonha com um mundo ideal que, corrompido pela natureza humana, entra em decadência.

Publicadas em seu *Diário de um Escritor*, ambas as narrativas refletem o esforço de Dostoiévski em compreender e representar as angústias da alma humana.

24. *Os Irmãos Karamázov* (1879): O Testamento Literário

Considerada sua obra-prima, Os *Irmãos Karamázov* é a última obra de Dostoiévski. O escritor passou os dois últimos anos de sua vida publicando, mensalmente, fascículos da obra, que foi recebida com empolgação pelos leitores e se tornou um tremendo sucesso.

A trama vai acompanhar a relação problemática entre Fiódor Karamázov e seus três filhos: Aliocha, Ivan e Dmitri, além de discorrer sobre um tema recorrente na obra de Dostoiévski: o conflito entre a fé cristã e a razão. Os filhos, além de serem muito diferentes um do outro, representam movimentos culturais e conflitos morais e espirituais.

O assassinato de Fiódor Karamázov e a acusação injusta de um dos filhos dão o tom policial à obra e levantam outro ponto de discussão importante para Dostoiévski: a degradação da família, que seria resultado da deterioração dos valores morais russos. Assim, o autor compõe sua obra-prima fazendo uma análise profunda da natureza humana e da complexidade da existência.

Bibliografia

BIANCHI, F. O Domínio do Homem pelo Homem na Novela A Senhoria, de Dostoiévski. *2*(2), 35-54. *RUS - Revista de Literatura e Cultura Russa*. V. 2, pp. 35-54, 2013.

FRANK, JOSEPH. *Dostoiévski: Um Escritor em seu Tempo*. São Paulo, Companhia das Letras, 2018.

GOLIN, LUANA MARTINS. "O Mal e o Niilismo no Romance *Os demônios*, de Dostoiévski". In: *RUS - Revista de Literatura e Cultura Russa*. V. 12, pp. 114-135, 2021.

MARQUES, Priscila Nascimento. *O Dândi Vaidoso de Uma História Desagradável, de Dostoiévski: Aspectos Poéticos e Tradutórios*. Pós-doutoranda do programa de Literatura e Cultura Russa, da Faculdade de Filosofia, Letras e Ciências Humanas da Universidade de São Paulo (FFLCH-USP).

NOTA DO AUTOR

UMA NOVELA

O autor do diário e o próprio diário são, é claro, imaginários. No entanto, é evidente que pessoas como o autor dessas anotações não apenas podem, mas também devem, existir em nossa sociedade, quando consideramos as circunstâncias em que nossa sociedade é formada. Tentei expor à visão do público, de forma mais clara do que comumente é feito, um dos personagens do passado recente. Ele é um dos representantes de uma geração ainda viva. Nesse fragmento, intitulado "subsolo", essa pessoa apresenta a si mesma e a seus pontos de vista e, por assim dizer, tenta explicar as causas pelas quais apareceu e estava destinada a aparecer em nosso meio. No segundo fragmento são acrescentadas as anotações reais dessa pessoa sobre certos eventos de sua vida.

Retrato de Fiódor Dostoiévski por Vassily Perov, datado de 1879.

PARTE I

SUBSOLO

I

Sou um homem doente... Sou um homem rancoroso. Sou um homem pouco atraente. Acredito que meu fígado esteja doente. Entretanto, não sei absolutamente nada sobre minha doença e não sei ao certo o que me aflige. Não consulto um médico por causa disso, e nunca consultei, embora tenha respeito pela medicina e pelos médicos. Além disso, sou extremamente supersticioso, o suficiente para respeitar a medicina, de qualquer forma (sou instruído o suficiente para não ser supersticioso, mas sou supersticioso). Recuso-me a consultar um médico mesmo tendo pensado em tudo isso. Mas você provavelmente não entenderá. Bem, mas eu entendo. É claro que não posso explicar quem exatamente estou mortificando nesse caso com minha desconsideração, pois estou perfeitamente ciente de que não posso "pagar" aos médicos por não os consultar. Melhor do que ninguém eu sei que, com tudo isso, só estou prejudicando a mim mesmo e a mais ninguém. Mas, ainda assim, se eu não consultar um médico, é por maldade. Meu fígado está ruim, então que fique pior!

Estou agindo assim há muito tempo — vinte anos. Agora, estou com quarenta anos. Eu trabalhava no serviço público, mas não trabalho mais. Eu era um funcionário rancoroso. Era rude e tinha prazer em ser assim. Como não aceitava suborno, era obrigado a encontrar uma recompensa, pelo menos nisso. (Uma brincadeira de mau gosto, mas não vou riscá-la. Eu a escrevi pensando que soaria muito espirituosa, mas agora que percebi que só queria me exibir de forma desprezível, não vou riscá-la de propósito).

Quando os peticionários vinham pedir informações à mesa em que eu estava sentado, eu costumava ranger os dentes para eles e sentia um prazer intenso quando conseguia deixar alguém infeliz. Quase consegui. Em sua maioria, eram pessoas tímidas — claro, eram peticionários. Mas, entre os mais arrogantes, havia um oficial em particular que eu não conseguia suportar. Ele simplesmente não queria ser humilde e brandia sua espada de forma repugnante. Mantive uma disputa com ele durante dezoito meses por causa daquela espada. Por fim, levei a melhor sobre ele. Ele parou de bater a espada. Mas isso aconteceu em minha juventude.

Sabem, senhores, qual foi o ponto principal de minha desconsideração? Ora, o ponto principal, o verdadeiro aguilhão dele estava no fato de que, continuamente, mesmo no momento de maior raiva, eu tinha consciência interna, com vergonha, de que não era apenas um homem rancoroso, sequer um homem amargurado, que estava simplesmente assustando pardais ao acaso e me divertindo com isso. Talvez eu espumasse pela boca, mas me traga uma boneca para brincar, me dê uma xícara de chá com açúcar e talvez eu fique mais tranquilo. Talvez eu até me sinta genuinamente tocado, embora provavelmente eu deva ranger os dentes e ficar acordado à noite com vergonha por meses. Esse era o meu jeito.

Eu estava mentindo quando disse há pouco que era um funcionário rancoroso. Eu estava mentindo por maldade. Eu estava simplesmente me divertindo com os peticionários e com o funcionário e, na verdade, nunca poderia me tornar rancoroso. Eu tinha consciência, a todo o momento, de muitos, muitos elementos absolutamente opostos a isso. Eu os sentia positivamente se aglomerando em mim, esses elementos opostos. Eu sabia que eles estavam se aglomerando em mim durante toda a minha vida e que ansiavam por uma saída, mas eu não os deixava, não os deixava, propositalmente não os deixava sair. Eles me atormentaram até me envergonhar, levaram-me a convulsões e — finalmente — deixaram-me doente, como me deixaram doente! Não estão imaginando, senhores, que estou expressando remorso por algo agora, que estou pedindo perdão por algo? Tenho certeza de que estão imaginando isso... No entanto, garanto-lhes que não me importo se estiverem...

Não era apenas porque eu não podia me tornar rancoroso, eu não sabia como me tornar nada, nem rancoroso, nem bondoso, tampouco um patife ou um homem honesto, nem um herói, nem um inseto. Agora, estou vivendo minha vida em meu canto, zombando de mim mesmo com o consolo rancoroso e inútil de que um homem inteligente não pode se tornar nada sério, e só o tolo se torna alguma coisa. Sim, um homem no século XIX deve ser, e moralmente deveria ser, antes de tudo, uma criatura sem caráter, porque um homem de caráter, um homem ativo é, antes de tudo, uma criatura limitada. Essa é minha convicção de quarenta anos. Estou com quarenta anos agora, e você sabe que quarenta anos é uma vida inteira, sabe que é uma velhice extrema. Viver mais de quarenta anos é falta de educação, é vulgar, imoral. Quem vive além dos quarenta anos? Responda a essa pergunta e, sincera e honestamente, eu lhe direi quem vive: tolos e inúteis. Digo isso na cara de todos os idosos, de todos esses veneráveis idosos, de todos esses idosos de cabelos prateados e respeitáveis! Digo isso na cara do mundo inteiro! Tenho o direito de dizer isso, pois eu mesmo continuarei vivendo até os sessenta anos. Até os setenta! Até os oitenta...! Parem, deixem-me respirar...

Os senhores imaginam, sem dúvida, que eu quero diverti-los. Também estão enganados quanto a isso. Não sou, de forma alguma, uma pessoa tão divertida como os senhores imaginam ou podem imaginar; no entanto, irritados com toda essa tagarelice (e sinto que estão irritados), os senhores acham adequado perguntar quem sou eu — então, minha resposta é: sou um assessor acadêmico. Eu estava no serviço para ter algo para comer (e somente por esse motivo) e, no ano passado, quando um parente distante me deixou seis mil rublos em seu testamento, imediatamente me aposentei do serviço e me estabeleci em meu canto. Eu morava nesse canto antes, mas agora me estabeleci nele. Meu quarto é um quarto miserável e horrível na periferia da cidade. Minha empregada é uma velha camponesa, mal-humorada por causa da estupidez e, além disso, ela sempre exala um cheiro desagradável. Disseram-me que o clima de São Petersburgo é ruim para mim e que, com meus poucos recursos, é muito caro morar em São Petersburgo. Sei tudo isso melhor do que todos esses sábios e experientes conselheiros e monitores... Mas permaneço em São Petersburgo, não estou indo embora de São Petersburgo! Não estou indo embora porque... Eca! Ora, é absolutamente indiferente se estou indo embora ou não.

Mas do que um homem decente pode falar com mais prazer?

Resposta: De si mesmo.

Bem, então vou falar sobre mim.

II

Agora, quero contar-lhes, senhores, quer queiram ouvir ou não, porque não consegui me transformar nem em um inseto. Digo-lhes solenemente que tentei muitas vezes me tornar um inseto. Mas sequer fui capaz disso. Juro, senhores, que ser consciente demais é uma doença — uma verdadeira doença. Completa. Para as necessidades cotidianas do ser humano teria sido suficiente ter a consciência humana comum, ou seja, metade ou um quarto da quantidade que cabe a um indivíduo culto do nosso infeliz século XIX, especialmente aquele que tem a má sorte fatal de morar em São Petersburgo, a cidade mais teórica e intencional de todo o globo terrestre. (Existem cidades intencionais e não intencionais). Teria sido suficiente, por exemplo, ter a consciência pela qual todas as chamadas pessoas diretas e indivíduos de ação vivem. Aposto que pensam que estou escrevendo tudo isso por vaidade, para ser espirituoso às custas dos indivíduos de ação; e mais, que por simulação malcriada estou brandindo uma espada como meu oficial. Mas, senhores, quem pode se orgulhar de suas doenças e até se vangloriar delas?

Embora, afinal de contas, todo mundo faça isso, as pessoas se orgulham de suas doenças, e eu, talvez, mais do que ninguém. Não vamos discutir isso, pois minha alegação era absurda. Mas, ainda assim, estou firmemente convencido de que grande parte da consciência, todo tipo de consciência, de fato, é uma doença. Continuo com isso. Vamos deixar isso de lado, também, por um minuto. Diga-me uma coisa: por que acontece que nos momentos em que sou mais capaz de sentir todos os refinamentos de tudo o que é "sublime e belo"[1], como se dizia antigamente, acontece que, como se fosse intencional, eu não apenas sinto, mas também faço coisas tão feias? De tal forma que... bem, em resumo, ações que todos, talvez, cometam, mas que, como se fossem propositais, me ocorreram no exato momento em que eu estava mais consciente de que não deveriam ser cometidas. Quanto mais consciente eu estava da bondade e de tudo o que era "sublime e belo", mais profundamente eu me afundava em meu lamaçal e mais pronto eu estava para afundar nele completamente. Mas o ponto principal era o fato de que tudo isso não era, por assim dizer, acidental em mim, mas como se estivesse destinado a ser assim. Era como se fosse a minha condição mais normal, e não tinha a menor doença ou depravação, de modo que, por fim, todo o meu desejo de lutar contra essa depravação passou. Isso terminou com o fato de eu quase acreditar (talvez realmente acreditar) que essa, talvez, fosse minha condição normal. A princípio, que agonia eu sofri nessa luta! Eu não acreditava que fosse o mesmo com outras pessoas, e durante toda a minha vida escondi esse fato sobre mim mesmo como um segredo. Eu tinha vergonha (até hoje, talvez, eu tenha vergonha), chegando a ponto de sentir uma espécie de prazer secreto, anormal e desprezível ao voltar para casa, para o meu canto, em alguma noite repugnante de São Petersburgo, com a consciência aguda de que naquele dia eu havia cometido uma ação repugnante

---

1 Na filosofia grega o termo "belo" teve relevante exposição em contextos distintos nos diálogos de Platão, entre os principais, intitulados *O Banquete, Fédon, A República*. Desde o do século XVIII, essas ideias de belo e de sublime foram ampliadas pelo filósofo irlandês Edmund Burke (1729-1797), quando escreveu a obra *Uma investigação filosófica sobre a origem de nossas ideias sobre o sublime e o belo* (1764), ampliadas por Immanuel Kant (1724-1804) em seu ensaio sobre doenças mentais intitulado *Observações sobre o sentimento do belo e do sublime* (1764). Tais obras ganharam bastante atenção na Rússia. Reale e Antisseri definiram os citados termos quando afirmaram: "[...] parece que o belo deve ser considerado como exibição de um conceito indeterminado do intelecto, e o sublime como exibição de um conceito indeterminado da razão" (REALE, Giovanni; ANTISERI, Dario. História da filosofia: de Spinoza a Kant. Tradução: Ivo Storniolo. São Paulo: Paulus, 2005, v. 4, p. 425).

novamente, que o que havia sido feito nunca poderia ser desfeito, e secretamente, interiormente, roendo-me por isso, rasgando-me e me consumindo até que, por fim, a amargura se transformou em uma espécie de doçura vergonhosa e maldita e, finalmente, em prazer real e positivo! Sim, em prazer, em prazer! Eu insisto nisso. Falei sobre isso porque continuo querendo saber se outras pessoas sentem esse tipo de prazer. Vou explicar: o prazer vinha da consciência intensa demais da própria degradação, vinha da sensação de que se havia atingido a última barreira, que era horrível, mas que não poderia ser de outra forma; que não havia escapatória para você, que você nunca poderia se tornar um homem diferente; que mesmo que ainda lhe restasse tempo e fé para se transformar em algo diferente, você provavelmente não desejaria mudar; ou se desejasse, mesmo assim não faria nada, porque, talvez, na realidade, não houvesse nada em que você pudesse se transformar.

E o pior de tudo, e a raiz de tudo, é que tudo isso estava de acordo com as leis fundamentais normais da consciência super aguda e com a inércia que era o resultado direto dessas leis e que, consequentemente, a pessoa não só era incapaz de mudar, mas também não podia fazer absolutamente nada.

Assim, como resultado da consciência aguda, a pessoa não tem culpa de ser um canalha, como se isso fosse um consolo para o canalha, uma vez que ele tenha percebido que de fato é um canalha. Mas basta... Eca! Falei um monte de bobagens, mas o que expliquei? Como é possível explicar o prazer nisso? Mas eu explicarei. Vou chegar ao fundo da questão! É por isso que peguei minha caneta... Eu, por exemplo, tenho uma grande dose de amor-próprio. Sou tão desconfiado e propenso a me ofender quanto uma jubarte ou um anão. Mas, juro, às vezes tenho tido momentos em que, se tivesse levado um tapa na cara, talvez tivesse ficado muito feliz com isso. Digo, sinceramente, que eu provavelmente teria sido capaz de descobrir até um tipo peculiar de prazer nisso — o prazer, é claro, do desespero. Mas no desespero há os prazeres mais intensos, especialmente quando se está muito consciente da desesperança de sua posição. E quando alguém leva um tapa na cara — por que, então, a consciência de estar sendo esfregado em uma polpa seria positivamente esmagadora? O pior de tudo é que, seja como for, ainda assim eu sempre fui o maior culpado em tudo. E o que é mais humilhante de tudo, a culpa não é minha, mas, por assim dizer, das leis da natureza. (Sempre me considerei mais inteligente do que todas as pessoas ao meu redor e, às vezes, acredite, me envergonhava disso. De qualquer forma, durante toda a minha vida, por assim dizer, desviei meus olhos e nunca consegui olhar as pessoas diretamente no rosto). Finalmente, a culpa é minha porque, mesmo que eu tivesse tido magnanimidade, só teria sofrido mais com a sensação de sua inutilidade. Eu certamente nunca teria sido capaz de fazer nada por ser magnânimo — nem perdoar, pois meu agressor talvez tivesse me esbofeteado por causa das leis da natureza, e não se pode perdoar as leis da natureza, tampouco esquecer, porque, mesmo que isso ocorresse em função das leis da natureza, ainda assim seria um insulto. Por fim, mesmo que eu não quisesse ser magnânimo e, ao contrário, quisesse me vingar de meu agressor, não poderia me vingar de ninguém por nada, porque certamente nunca teria decidido fazer nada, mesmo que pudesse. Por que eu não deveria ter me decidido? Sobre isso em particular, quero dizer algumas palavras.

III

Com pessoas que sabem como se vingar e se defender em geral, como isso é feito? Ora, quando elas são possuídas, suponhamos, pelo sentimento de vingança, então, por enquanto, não resta nada além desse sentimento em todo o seu ser. Esse cavalheiro simplesmente corre direto para seu objetivo como um touro enfurecido com os chifres para baixo, e nada além de uma parede o deterá. (A propósito: de frente para a parede, esses cavalheiros — isto é, as pessoas "diretas" e os indivíduos de ação — ficam genuinamente desconcertados. Para eles, um muro não é uma evasão, como para nós, pessoas que pensam e, consequentemente, não fazem nada; não é uma desculpa para se desviar, uma desculpa pela qual sempre ficamos muito contentes, embora, via de regra, mal acreditemos nela. Não, eles não estão surpresos com toda a sinceridade. Para eles, o muro tem algo de tranquilizador, moralmente calmante, final — talvez, até algo misterioso..., mas sobre o muro mais tarde).

Bem, considero essa pessoa direta como o verdadeiro ser humano normal, como sua terna mãe natureza desejava vê-lo quando graciosamente o trouxe à existência na Terra. Invejo esse indivíduo até por ele ficar com o rosto verde. Ele é estúpido. Não estou discutindo isso, mas talvez o ser humano normal deva ser estúpido, como você sabe? Talvez, seja muito bonito, de fato. E estou ainda mais convencido dessa suspeita, se é que podemos chamá-la assim, pelo fato de que se tomarmos, por exemplo, a antítese do ser humano normal, ou seja, o indivíduo de consciência aguda, que veio, é claro, não do colo da natureza, mas de uma réplica (isso é quase misticismo, senhores, mas eu também suspeito disso), essa pessoa que é uma réplica às vezes fica tão desconcertada na presença de sua antítese que, com toda a sua consciência exagerada, ela realmente pensa em si mesma como um rato, e não como um ser humano. Pode ser um rato agudamente consciente, mas é um rato, ao passo que o outro é um indivíduo e, portanto, outras coisas semelhantes. E o pior de tudo é que ele mesmo, seu próprio ser, se vê como um rato, uma vez que ninguém lhe pede para fazer isso — e esse é um ponto importante. Agora, vejamos esse rato em ação. Vamos supor, por exemplo, que ele também se sinta insultado (e quase sempre se sente insultado) e queira se vingar também. Pode até haver um acúmulo maior de rancor nele do que no ser humano da natureza e da verdade. O desejo básico e desagradável de descarregar esse rancor em seu agressor talvez seja ainda mais desagradável nele do que no ser humano da natureza e da verdade. Em razão de sua estupidez inata, ele vê sua vingança como justiça pura e simples, ao passo que, em consequência de sua consciência aguda, o camundongo não acredita na justiça dela. Por fim, chegamos à ação em si, ao próprio ato de vingança. Além da única maldade fundamental, o rato azarado consegue criar em torno de si tantas outras maldades na forma de dúvidas e perguntas, acrescenta à única pergunta tantas questões não resolvidas que inevitavelmente se forma em torno dele uma espécie de mistura fatal, uma bagunça fedorenta, composta de suas dúvidas, emoções e do desprezo cuspido sobre ele pelos seres humanos diretos de ação que se posicionam solenemente em torno dele como juízes e árbitros, rindo dele até que seus lados saudáveis doam. É claro que a única coisa que lhe resta é descartar tudo isso com um aceno de sua pata e, com um sorriso de desprezo assumido no qual nem ele mesmo acredita, rastejar ignominiosamente para dentro de sua toca de rato. Lá, em sua casa subterrânea suja e malcheirosa, nosso rato insultado, esmagado e ridicularizado é imediatamente absorvido por um rancor frio, maligno e, acima de tudo, eterno. Durante quarenta anos, ele se lembrará de sua injúria até os menores e mais ignominiosos detalhes e, a cada vez, acrescentará, por si próprio, detalhes ainda mais ignominiosos, provocando e atormentando a si mesmo com a própria imaginação. Ela mesma se envergonhará de suas imaginações, mas ainda assim se lembrará de tudo, repassará cada detalhe, inventará coisas inauditas contra si mesma, fingindo que essas coisas podem acontecer, e não perdoará nada. Talvez, comece a se vingar também, mas, por assim dizer, aos poucos, de forma trivial, por trás do fogão, incógnito, sem acreditar sequer no próprio direito de vingança nem no sucesso de sua vingança, sabendo que, com todos os seus esforços de vingança, sofrerá cem vezes mais do que aquele de quem se vinga, enquanto ele, ouso dizer, sequer se arranhará. Em seu leito de morte, ele se lembrará de tudo novamente, com os juros acumulados durante todos os anos e...

Mas é justamente nesse frio e abominável meio desespero, meio crença, nesse consciente enterrar-se vivo de tristeza no submundo por quarenta anos, naquela desesperança agudamente reconhecida e, ainda assim, parcialmente duvidosa de sua posição, naquele inferno de desejos insatisfeitos voltados para dentro, naquela febre de oscilações, de resoluções determinadas para sempre e das quais se arrepende novamente um minuto depois — aí está o sabor daquele estranho prazer do qual falei. É tão sutil, tão difícil de analisar, que as pessoas que são um pouco limitadas, ou mesmo simplesmente pessoas de nervos fortes, não entenderão um único átomo dele. "Possivelmente", você acrescentará por conta própria com um sorriso, "as pessoas que nunca levaram um tapa na cara também não entenderão" e, dessa forma, você me dará a entender educadamente que eu também, quem sabe, já tenha tido a experiência de levar um tapa na cara em minha vida e, portanto, falo como alguém que sabe. Aposto que está pensando nisso. Mas fiquem tranquilos, senhores, eu não levei um tapa na cara, embora seja absolutamente indiferente para mim o que os senhores possam pensar sobre isso. Possivelmente, eu mesmo me arrependo de ter dado tão poucos tapas na cara durante minha vida. Mas chega... nem mais uma palavra sobre esse assunto de extremo interesse para você.

Continuarei falando calmamente sobre pessoas com nervos fortes que não entendem um certo refinamento de prazer. Embora em certas circunstâncias esses cavalheiros berrem mais alto do que os touros, embora isso, suponhamos, dê a elas o maior crédito, ainda assim, como disse, confrontadas com o impossível, elas se acalmem imediatamente. O impossível significa o muro de pedra! Que muro de pedra? Ora, é claro, as leis da natureza, as deduções da Ciência natural, a Matemática. Assim que lhe provarem, por exemplo, que você é descendente de um macaco, não adianta fazer careta, aceite isso como um fato. Quando lhe provarem que, na realidade, uma gota de sua gordura deve ser mais cara para você do que cem mil de seus semelhantes, e que essa conclusão é a solução final para todas as chamadas virtudes e deveres e para todos os preconceitos e fantasias, então você deve simplesmente aceitá-la, não há o que fazer, pois duas vezes dois é uma lei da Matemática. Apenas tente refutá-la.

"Com a minha palavra", eles gritarão com você, "não adianta protestar: é um caso de duas vezes dois faz quatro! A natureza não pede sua permissão, ela não tem nada a ver com seus desejos e, quer você goste ou não das leis dela, você é obrigado a aceitá-la como ela é e, consequentemente, todas as suas conclusões. Uma parede, veja você, é uma parede... e assim por diante."

Misericordiosos céus! Mas o que me importa as leis da natureza e a Aritmética quando, por alguma razão, não gosto dessas leis e do fato de que duas vezes dois são quatro? É claro que não posso romper a parede batendo minha cabeça contra ela se realmente não tiver força para derrubá-la, mas não vou me reconciliar com ela simplesmente porque é uma parede de pedra e eu não tenho força.

Como se esse muro de pedra fosse realmente um consolo e contivesse alguma palavra de conciliação, simplesmente porque é tão verdadeiro quanto duas vezes dois faz quatro. Oh, absurdo dos absurdos! Como é melhor entender tudo, reconhecer tudo, todas as impossibilidades e o muro de pedra, não se reconciliar com uma dessas impossibilidades e muros de pedra, se lhe repugna reconciliar-se com ela, por meio das combinações mais inevitáveis e lógicas, chegar às conclusões mais revoltantes sobre o tema eterno de que, mesmo pelo muro de pedra, você é, de alguma forma, culpado, embora seja claro como o dia que você não tem culpa alguma e, portanto, ranger os dentes em impotência silenciosa para afundar em uma inércia luxuosa, remoendo o fato de que não há ninguém contra quem você possa se vingar, que você não tem, e talvez nunca venha a ter, um objeto para o seu rancor, que é um ilusionismo, um pouco de malabarismo, um truque de mágica com cartas, que é simplesmente uma bagunça, sem saber o que nem quem; mas, apesar de todas essas incertezas e malabarismos, ainda há uma dor em você, e quanto mais você não sabe, mais a dor piora.

IV

"Ha, ha, ha! A seguir, você vai encontrar prazer na dor de dente", você grita, rindo.

"Bem, até na dor de dente há prazer", respondo. Eu tive dor de dente por um mês inteiro e sei que existe. Nesse caso, é claro, as pessoas não são rancorosas em silêncio, mas gemem; entretanto, não são gemidos sinceros, são gemidos malignos, e a malignidade é o ponto principal. O prazer do sofredor encontra expressão nesses gemidos, porque se ele não sentisse prazer neles, não gemeria. É um bom exemplo, senhores, e eu o desenvolverei. Esses gemidos expressam, em primeiro lugar, toda a falta de objetivo da sua dor, tão humilhante para a sua consciência, pois todo o sistema legal da natureza no qual você cospe com desdém, é claro, mas do qual você sofre mesmo assim, ao mesmo tempo não sofre. Eles expressam a consciência de que você não tem um inimigo para punir, mas que tem dor; a consciência de que, apesar de todos os Wagenheim[2] possíveis, você é completamente escravo de seus dentes; que, se alguém quiser, seus dentes deixarão de doer e, se ele não quiser, continuarão doendo por mais três meses; e que, finalmente, se você ainda for contumaz e ainda protestar, tudo o que lhe resta para a própria satisfação é se bater ou bater na parede com o punho o mais forte que puder, e absolutamente nada mais. Bem, esses insultos mortais, essas zombarias por parte de alguém desconhecido, terminam finalmente em um prazer que às vezes atinge o mais alto grau de volúpia. Peço-lhes, senhores, que ouçam às vezes os gemidos de um ser humano instruído do século XIX que sofre de dor de dente, no segundo ou terceiro dia do ataque,

2 De acordo com a relação de endereços de São Petersburgo do século XIV, havia oito dentistas com o sobrenome Wagenheim, cujo nome Dostoiévski menciona entre as "celebridades" citadas em sua obra.

quando ele começa a gemer, não como gemeu no primeiro dia, ou seja, não simplesmente porque está com dor de dente, não apenas como qualquer camponês grosseiro, mas como um indivíduo afetado pelo progresso e pela civilização europeia, uma pessoa "divorciada do solo e dos elementos nacionais", como se diz hoje em dia. Seus gemidos se tornam desagradáveis, repugnantemente malignos, e se prolongam por dias e noites inteiros. E, é claro, ele mesmo sabe que não está fazendo nenhum bem a si mesmo com seus gemidos; ele sabe melhor do que ninguém que está apenas dilacerando e incomodando a si mesmo e aos outros por nada; ele sabe que até o público diante do qual ele está se esforçando, e toda a sua família, o ouvem com aversão, não depositam nele nem um pouco de fé e, interiormente, entendem que ele poderia gemer de forma diferente, mais simples, sem trinados e floreios, e que ele está apenas se divertindo dessa forma por mau humor, por malignidade. Bem, em todos esses reconhecimentos e desgraças é que reside um prazer voluptuoso. Como se ele dissesse: "Estou preocupando vocês, estou dilacerando seus corações, estou mantendo todos na casa acordados. Bem, então fiquem acordados, vocês também sentem a cada minuto que estou com dor de dente. Não sou um herói para vocês agora, como tentei parecer antes, mas simplesmente uma pessoa desagradável, um impostor. Bem, então que seja assim! Fico muito feliz que você tenha me enxergado. É desagradável para vocês ouvirem meus gemidos desprezíveis: bem, que seja desagradável; aqui eu lhes darei um floreio ainda mais desagradável em um minuto..." Vocês não entendem mesmo agora, senhores? Não, parece que nosso desenvolvimento e nossa consciência precisam ir além para entender todas as complexidades desse prazer. O senhor ri? Com prazer. Minhas piadas, senhores, são, naturalmente, de mau gosto, bruscas, envolvidas, sem autoconfiança. Mas é claro que isso acontece porque eu não me respeito. Pode um homem de percepção respeitar a si mesmo?

V

Ora, será que um indivíduo que tenta encontrar prazer no p[illegible]rio sentimento de sua degradação pode ter uma centelha de resp[illegible]or si mesmo? Não estou dizendo isso agora por causa de nenhum [illegible]po de remorso. E, de fato, eu nunca suportaria dizer: "Perdoe-m[illegible] papai, não farei isso de novo", não porque eu seja incapaz de [illegible]r isso — pelo contrário, talvez apenas porque eu tenha sido [illegible]z demais disso, e de que maneira, também. Como se fosse int[illegible]nal, eu costumava me meter em problemas em casos em que [illegible] tinha culpa alguma. Essa era a parte mais desagradável [illegible]uação. Ao mesmo tempo, eu me sentia genuinamente toc[illegible]enitente, costumava derramar lágrimas e, é claro, enga[illegible]m mesmo, embora não estivesse agindo de forma algu[illegible]uvesse um sentimento doentio em meu coração naquele [illegible]nto... Não se pode culpar sequer as leis da natureza por isso, [illegible]ora as leis da natureza tenham me ofendido continuamente durante toda a minha vida, mais do que qualquer outra coisa. É repugnante lembrar de tudo isso, mas já era repugnante naquela época. É claro que, um minuto ou mais depois, eu perceberia com ira que era tudo mentira, uma mentira revoltante, uma mentira presumida, ou seja, toda essa penitência, essa emoção, esses votos de reforma. Você perguntará por que eu me preocupava com essas travessuras, e eu respondo: porque era muito chato ficar sentado com as mãos cruzadas e, então, começávamos a fazer travessuras. É realmente isso. Observem a si mesmos com mais cuidado, senhores, e então entenderão que é isso mesmo. Inventei aventuras para mim mesmo e criei uma vida, para, pelo menos, viver de alguma forma. Quantas vezes já me aconteceu — bem, por exemplo, ofender-me simplesmente de propósito, por nada; e a pessoa sabe, é claro, que não está ofendida por nada; que está fingindo, mas ainda assim chega a ponto de ficar realmente ofendida. Durante toda a minha vida, tive um impulso de fazer essas brincadeiras, de modo que, no final, não consegui controlá-lo em mim mesmo. Em outra ocasião, duas vezes, na verdade, tentei arduamente me apaixonar. Eu também sofri, senhores, eu lhes asseguro. No fundo de meu coração, não havia fé em meu sofrimento, apenas uma leve agitação de zombaria, e ainda assim sofri, e da maneira real e ortodoxa; eu estava com ciúmes, fora de mim... e tudo isso acontecia em função do tédio, senhores, tudo por causa do tédio, pois a inércia me dominou. Os senhores sabem que o fruto direto e legítimo da consciência é a inércia, ou seja, o sentar-se consciente com as mãos postas. Já me referi a isso. Repito, repito com ênfase: todas as pessoas "diretas" e indivíduos de ação são ativos apenas porque são estúpidos e limitados. Como explicar isso? Vou lhe dizer: em consequência de sua limitação elas tomam causas imediatas e secundárias por causas primárias e, dessa forma, ficam convencidas mais rápida e facilmente do que as outras pessoas de que encontraram um fundamento infalível para sua atividade, e suas mentes ficam tranquilas, e você sabe que isso é o principal. Para começar a agir, você sabe, é preciso primeiro ter a mente completamente tranquila e não deixar nenhum traço de dúvida nela. Como posso, por exemplo, deixar minha mente tranquila? Onde estão as causas primárias sobre as quais devo construir? Onde estão meus alicerces? De onde devo obtê-los? Eu me exercito na reflexão e, consequentemente, cada causa primária atrai imediatamente outra ainda mais primária, e assim por diante até o infinito. Essa é exatamente a essência de todo tipo de consciência e reflexão. Deve ser novamente um caso das leis da natureza. Qual é o resultado disso no final? Ora, exatamente o mesmo. Lembre-se de que acabei de falar sobre vingança. (Tenho certeza de que você não entendeu). Eu disse que um ser humano se vinga porque vê justiça nisso. Portanto, ele encontrou uma causa primária, ou seja, a justiça. Assim, ele está tranquilo em todos os aspectos e, consequentemente, realiza sua vingança com calma e sucesso, convencido de que está fazendo uma coisa justa e honesta. Mas eu não vejo justiça nisso, tampouco encontro qualquer tipo de virtude e, consequentemente, se tento me vingar, é apenas por despeito. O rancor, é claro, pode superar tudo, todas as minhas dúvidas e, portanto, pode substituir com sucesso uma causa primária, precisamente porque não é uma causa. Mas o que deve ser feito se eu não tenho sequer rancor (comecei com isso agora mesmo, você sabe)? Novamente, em consequência dessas malditas leis da consciência, a raiva em mim está sujeita à desintegração química. Você olha para ela, o objeto voa para o ar, suas razões evaporam, o criminoso não é encontrado, o erro não se torna um erro, mas sim um fantasma, algo como uma dor de dente, pela qual ninguém é culpado e, consequentemente, resta apenas a mesma saída novamente — ou seja, bater na parede o máximo que puder.

Então, você desiste com um aceno de mão porque não encontrou uma causa fundamental. Tente se deixar levar por seus sentimentos, cegamente, sem reflexão, sem uma causa primária, repelindo a consciência pelo menos por um tempo; ódio ou amor, nem que seja para ficar sentado com as mãos cruzadas. Depois de amanhã, no mais tardar, você começará a se desprezar por ter se enganado conscientemente. Resultado: uma bolha de sabão e inércia. Oh, senhores, sabem, talvez eu me considere um homem inteligente, apenas porque durante toda a minha vida não fui capaz de começar nem de terminar nada. É verdade que sou um tagarela, um tagarela inofensivo e vexatório, como todos nós. Mas o que deve ser feito se a vocação direta e única de todo homem inteligente é a tagarelice, ou seja, o derramamento intencional de água em uma peneira?

VI

Ah, se eu não tivesse feito nada simplesmente por preguiça! Céus, como eu deveria ter me respeitado, então. Eu teria me respeitado porque, pelo menos, teria sido capaz de ser preguiçoso; teria havido pelo menos uma qualidade, por assim dizer, positiva em mim, segundo a qual eu poderia ter acreditado em mim mesmo. Se fosse feita esta pergunta: o que ele é? Teria sido agradável ouvir como resposta "um preguiçoso" de mim mesmo! Significaria que eu era definido positivamente, significaria que havia algo a dizer sobre mim. "Preguiçoso" — ora, é um chamado e uma vocação, é uma carreira. Não brinque, é isso mesmo. Eu deveria, então, ser membro do melhor clube por direito, e deveria encontrar minha ocupação em me respeitar continuamente. Conheci um senhor que se orgulhava, durante toda a vida, de ser um conhecedor de Lafitte[3]. Ele considerava isso sua virtude positiva e nunca duvidou de si mesmo. Ele morreu, não apenas com a consciência tranquila, mas também com a consciência triunfante, e ele tinha toda a razão. Então, eu deveria ter escolhido uma carreira para mim, deveria ter sido um preguiçoso e um glutão, não qualquer um, mas, por exemplo, alguém com simpatia por tudo que é sublime e belo. O que você acha disso? Há muito tempo tenho visões disso. Esse "sublime e belo" pesa muito em minha mente aos quarenta anos, mas isso é aos quarenta; então — oh, então teria sido diferente! Eu deveria ter encontrado para mim uma forma de atividade que estivesse de acordo com ela, para ser preciso, bebendo para a saúde de tudo o que é "sublime e belo". Eu deveria ter aproveitado todas as oportunidades para deixar cair uma lágrima em meu copo e, em seguida, drená-la para tudo o que é "sublime e belo". Eu de-

3 Refere-se ao vinho francês *Château Lafitte*, um dos mais famosos do mundo em razão de ser um dos mais longevos e elegantes vinhos de Bordeaux.

veria ter transformado tudo em sublime e belo. Mesmo no lixo mais desagradável e inquestionável, eu deveria ter procurado o sublime e o belo. Eu deveria ter enxugado lágrimas como uma esponja úmida. Um artista, por exemplo, pinta um quadro digno de Gay[4]. De imediato, brindo à saúde do artista que pintou o quadro digno de Gay, porque amo tudo o que é "sublime e belo". Um autor escreveu "*As you will*" (Como você quiser): imediatamente brindo à saúde de "*anyone you will*" (quem você quiser) porque amo tudo o que é "sublime e belo".

Eu deveria exigir respeito por fazer isso. Eu deveria perseguir qualquer um que não me mostrasse respeito. Eu deveria viver à vontade, deveria morrer com dignidade, pois é encantador, perfeitamente encantador! E que barriga redonda eu deveria ter cultivado, que queixo triplo eu deveria ter estabelecido, que nariz de rubi eu deveria ter colorido para mim, para que todos dissessem, olhando para mim: "Aqui está um patrimônio! Aqui está algo real e sólido!" E, digam o que quiserem, é muito agradável ouvir tais comentários sobre si mesmo nesta era negativa.

4 Nikolai Nikolaevich Ge (1831-1894) foi um pintor russo destacado por ser uma figura influente no desenvolvimento do Simbolismo russo. Seu avô era um nobre francês que imigrou para a Rússia durante o século XVIII e se casou com uma mulher russa. A grafia original do sobrenome em francês era Gay, e muitas fontes francesas usam essa grafia em vez da transliteração russa. Ele pintou *A Última Ceia* usando uma fotografia do escritor considerado o pai do socialismo russo, Aleksandr Ivanovich Herzen, como imagem para sua figura central de Cristo.

VII

Mas tudo isso são sonhos dourados. Oh, diga-me, quem foi o primeiro a anunciar, quem foi o primeiro a proclamar que o ser humano só faz coisas desagradáveis porque não conhece os próprios interesses? E que se ele fosse iluminado, se seus olhos fossem abertos para seus reais interesses normais, o ser humano deixaria imediatamente de fazer coisas desagradáveis, tornando-se imediatamente bom e nobre porque, sendo iluminado e compreendendo sua real vantagem, ele veria sua vantagem no bem e nada mais, e todos nós sabemos que nenhuma pessoa pode, conscientemente, agir contra os próprios interesses, consequentemente, por assim dizer, por necessidade, ela começaria a fazer o bem? Oh, o bebê! Oh, a criança pura e inocente! Por que, em primeiro lugar, quando, em todos esses milhares de anos, houve um momento em que o ser humano agiu apenas em função de seus interesses? O que deve ser feito com os milhões de fatos que testemunham que as pessoas, conscientemente, ou seja, compreendendo plenamente seus interesses reais, deixaram-nos em segundo plano e correram para outro caminho, enfrentando perigos e perigos, compelidos a esse curso por ninguém e por nada, mas, por assim dizer, simplesmente não gostando da trilha batida, e obstinadamente, deliberadamente, trilharam outro caminho difícil e absurdo, buscando-o quase na escuridão. Portanto, suponho que essa obstinação e perversidade foram mais agradáveis para elas do que qualquer vantagem... Vantagem! O que é vantagem? E você se encarregará de definir com perfeita precisão em que consiste a vantagem do ser humano? E se acontecer de a vantagem de um indivíduo, às vezes, não apenas poder, mas até dever, consistir no fato de ele desejar, em certos casos, o que é prejudicial a si mesmo e não vantajoso? E se assim for, se é que pode haver tal caso, todo o princípio cai por terra. Vocês acham que existem casos assim? Vocês riem. Riam à vontade, senhores, mas apenas me respondam: as vantagens do ser humano foram contadas com perfeita certeza? Não há algumas que não apenas não foram incluídas, mas também que não podem ser incluídas em nenhuma classificação? Vejam, senhores, até onde sei, tiraram todo o seu registro de vantagens humanas das médias de números estatísticos e fórmulas político-econômicas. Suas vantagens são a prosperidade, a riqueza, a liberdade, a paz e assim por diante. Assim, o indivíduo que, por exemplo, se opusesse aberta e conscientemente a toda essa lista seria, em sua opinião e, na verdade, na minha também, é claro, um obscurantista ou um louco absoluto, não é mesmo? Mas, sabe, isto é que surpreendente: por que acontece que todos esses estatísticos, sábios e amantes da humanidade, quando contabilizam as vantagens humanas, invariavelmente deixam de fora uma delas? Eles nem sequer a levam em conta na forma em que deveria ser levada, e todo o cálculo depende disso. Não seria uma questão maior, eles simplesmente teriam de pegar essa vantagem e adicioná-la à lista. Mas o problema é que essa estranha vantagem não se enquadra em nenhuma classificação e não faz parte de nenhuma lista. Tenho um amigo, por exemplo... Eca! Senhores, mas é claro que ele também é seu amigo; e, de fato, não há ninguém, ninguém de quem ele não seja amigo! Quando se prepara para qualquer empreendimento, esse cavalheiro imediatamente explica a você, com elegância e clareza, exatamente como ele deve agir de acordo com as leis da razão e da verdade. Além disso, ele lhe falará com entusiasmo e paixão sobre os verdadeiros interesses normais do ser humano; com ironia, ele repreenderá os tolos míopes que não entendem os próprios interesses, tampouco o verdadeiro significado da virtude. Dentro de um quarto de hora, sem nenhuma provocação externa repentina, mas simplesmente por meio de algo dentro dele que é mais forte do que todos os seus interesses, ele partirá para um caminho completamente diferente, ou seja, agirá em oposição direta ao que acabou de dizer sobre si mesmo, em oposição às leis da razão, em oposição à sua vantagem, de fato em oposição a tudo. Eu os aviso que meu amigo é uma personalidade composta e, portanto, é difícil culpá-lo como um indivíduo. O fato é que, senhores, parece que realmente deve existir algo que é mais caro para quase todos os seres humanos do que suas maiores vantagens, ou (para não ser ilógico) há uma vantagem muito vantajosa (a mesma omitida da qual falamos agora) que é mais importante e mais vantajosa do que todas as outras vantagens, em nome da qual um indivíduo, se necessário, está pronto para agir em oposição a todas as leis; isto é, em oposição à razão, à honra, à paz, à prosperidade — de fato, em oposição a todas essas coisas excelentes e úteis, se ele puder alcançar essa vantagem fundamental e mais vantajosa que lhe é mais cara do que todas. "Sim, mas é uma vantagem mesmo assim", você responderá. Mas, desculpe-me, vou esclarecer a questão, e não se trata de um jogo de palavras. O que importa é que essa vantagem é notável pelo próprio fato de quebrar todas as nossas classificações e destruir continuamente todos os sistemas construídos pelos amantes da humanidade para o benefício da humanidade. De fato, ela perturba tudo. Mas antes de mencionar essa vantagem, quero me comprometer pessoalmente e, portanto, declaro corajosamente que todos esses belos sistemas, todas essas teorias para explicar à humanidade seus verdadeiros interesses normais, a fim de que, inevitavelmente, esforçando-se para perseguir esses interesses, eles possam se tornar bons e nobres — são, em minha opinião, até agora, meros exercícios lógicos!

Sim, exercícios lógicos. Ora, sustentar essa teoria da regeneração da humanidade por meio da busca de seu benefício é, a meu ver, quase a mesma coisa que afirmar, por exemplo, seguindo Buckle[5], que por meio da civilização a humanidade se torna mais branda e, consequentemente, menos sanguinária e menos apta para a guerra. Logicamente, parece que isso decorre de seus argumentos. Mas o ser humano tem uma predileção tão grande por sistemas e deduções abstratas que está pronto para distorcer a verdade intencionalmente, está pronto para negar a evidência de seus sentidos apenas para justificar sua lógica. Tomo esse exemplo porque é a instância mais evidente disso. Apenas olhe ao seu redor: o sangue está sendo derramado em torrentes, e da maneira mais alegre, como se fosse champanhe. Veja todo o século XIX em que Buckle viveu. Veja Napoleão, o Grande, e também o atual. Veja a América do Norte — a união eterna. Veja a Questão do Eslésvico-Holsácia[6]. E o que é que a civilização suaviza em nós? O único

5 Henry Thomas Buckle (1821-1862) foi um historiador inglês, uma figura importante no movimento positivista do conhecimento histórico. Ele aplicou os métodos da Ciência natural à História em um esforço para descobrir leis científicas que regem o processo histórico.

6 Questão do Eslésvico-Holsácia (em alemão: *Schleswig-Holstein*) refere-se a um conjunto de questões diplomáticas e outras questões que surgiram no século XIX das relações entre os ducados de Eslésvico e Holsácia com a coroa dinamarquesa e a Confederação Germânica. Eslésvico foi parte da Dinamarca e se tornou um ducado dinamarquês no século XII. A Dinamarca tentou restabelecer o ducado do Eslésvico ao reino dinamarquês em várias ocasiões. Em 27 de março de 1848, Frederico VII da Dinamarca anunciou ao povo do Eslésvico a promulgação de uma constituição liberal sob a qual o ducado, preservando sua autonomia local, se tornaria parte integrante da Dinamarca. Isso conduziu a uma revolta iniciada pela grande maioria dos habitantes alemães de Eslésvico-Holsácia, em apoio à independência da Dinamarca e uma estreita colaboração com a Confederação Germânica (Questão do Eslésvico-Holsácia. **Wikipedia**. Disponível em: https://pt.wikipedia.org/wiki/Quest%C3%A3o_do_Esl%C3%A9svico-Hols%C3%A1cia#cite_note-P68-1. Acesso em: 19 jul. 2023. Ref.: POUTHAS, C. H.; GUIRAL, P.; Van REGEMORTER, J. L. **Democracia, reacción y capitalismo**. [S.l.]: Ediciones AKAL, 1993).

ganho da civilização para a humanidade é a maior capacidade de variedade de sensações — e absolutamente nada mais. Por meio do desenvolvimento desse quesito multifacetado, o ser humano pode vir a encontrar prazer no derramamento de sangue. De fato, isso já aconteceu com ele. Já reparou que são os cavalheiros mais civilizados que têm sido os mais sutis matadores, para os quais Átila[7] e Stenka Razin[8] não conseguem se comparar? E se eles não são tão notáveis quanto os Átilas e os Stenka Razins é simplesmente porque são encontrados com tanta frequência, são tão comuns e se tornaram familiares para nós. De qualquer forma, a civilização tornou a humanidade, se não mais sanguinária, pelo menos mais vil, mais repugnantemente sanguinária. Antigamente, o ser humano via justiça no derramamento de sangue e, com sua consciência em paz, exterminava aqueles que considerava adequados. Atualmente, consideramos o derramamento de sangue abominável e, ainda assim, nos envolvemos nessa abominação, e com mais energia do que nunca. O que é pior? Decidam por si mesmos. Dizem que Cleópatra (para citar um exemplo da história romana) gostava de espetar alfinetes de ouro nos seios de suas escravas e se divertia com seus gritos e contorções. Vocês dirão que isso foi em tempos comparativamente bárbaros e que estes também são tempos bárbaros, porque também, comparativamente falando, os alfinetes são espetados mesmo agora; que embora o ser humano tenha aprendido a ver mais claramente do que em épocas bárbaras, ele ainda está longe de ter aprendido a agir como a razão e a ciência ditariam. Mas, ainda assim, você está plenamente convencido

7 Átila era o senhor de todos os hunos, que ficou conhecido como o Flagelo de Deus.

8 Stenka Razin (nascido por volta de 1630, e falecido em 1671, em Moscou) foi o líder de uma grande rebelião de cossacos e camponeses na fronteira sudeste da Rússia (1670-1671) (Enciclopaedia Britannica. Disponível em: https://www.britannica.com/biography/Stenka-Razin. Acesso em: 19 jul. 2023).

de que ele certamente aprenderá quando se livrar de certos maus hábitos antigos e quando o bom senso e a ciência tiverem reeducado completamente a natureza humana e a tiverem direcionado para uma direção normal. Você está confiante de que, então, o ser humano deixará de cometer erros intencionais e será, por assim dizer, compelido a não querer colocar sua vontade contra seus interesses normais. Isso não é tudo. Então, diz o senhor, a própria ciência ensinará ao ser humano (embora, a meu ver, seja um luxo supérfluo) que ele nunca teve realmente qualquer capricho ou vontade própria, e que ele mesmo é algo da natureza de uma tecla de piano ou de um órgão[9], e que existem, além disso, coisas chamadas de leis da natureza; de modo que tudo o que ele faz não é feito por sua vontade, mas é feito por si mesmo, pelas leis da natureza. Consequentemente, precisamos apenas descobrir essas leis da natureza, e o ser humano não precisará mais responder por suas ações, e a vida se tornará extremamente fácil para ele. Todas as ações humanas serão, então, é claro, formuladas de acordo com essas leis, matematicamente, como tabelas de logaritmos até 108.000, e inseridas em um índice; ou, melhor ainda, serão publicadas certas obras edificantes da natureza de léxicos enciclopédicos, nas quais tudo será tão claramente calculado e explicado que não haverá mais incidentes ou aventuras no mundo.

Então — isso é tudo o que você diz — novas relações econômicas serão estabelecidas, todas prontas e elaboradas com exatidão matemática, de modo que todas as perguntas possíveis desaparecerão em um piscar de olhos, simplesmente porque todas as respostas possíveis serão fornecidas. Em seguida, o "Palácio de

9 Dostoiévski refuta teorias sobre a natureza da humanidade ao recusar se submeter a uma vida definida por leis da razão e da ciência, equiparando-as à passividade de uma tecla de piano.

Cristal"[10] será construído. Depois... de fato, esses serão dias felizes. É claro que não há garantia (esse é o meu comentário) de que não será, por exemplo, terrivelmente monótono (pois o que será preciso fazer quando tudo estiver calculado e tabulado), mas, por outro lado, tudo será extraordinariamente racional. É claro que o tédio pode levá-lo a qualquer coisa. É o tédio que leva alguém a espetar alfinetes de ouro nas pessoas, mas tudo isso não importa. O que é ruim (esse é meu comentário novamente) é que ouso dizer que as pessoas ficarão gratas pelos alfinetes de ouro. O ser humano é estúpido, sabe, fenomenalmente estúpido; ou melhor, ele não é nem um pouco estúpido, mas é tão ingrato que não é possível encontrar outro igual a ele em toda a criação. Eu, por exemplo, não ficaria nem um pouco surpreso se, de repente, em meio à prosperidade geral, um cavalheiro com um semblante ignóbil, ou melhor, com um semblante reacionário e irônico, se levantasse e, colocando os braços em riste, dissesse a todos nós: "Eu digo, cavalheiro, não seria melhor darmos um pontapé em todo o show e espalhar o racionalismo aos ventos, simplesmente para enviar esses logaritmos para o diabo e nos permitir viver mais uma vez de acordo com

10 Segundo a exposição de John Pistelli sobre a obra de Dostoiévski (Fyodor Dostoevsky, *Notes from Underground*. John Pistelli 10 mar. 2022. Disponível em: https://johnpistelli.com/2022/03/10/fyodor-dostoevsky-notes-from-underground/. Acesso em: 19 jul. 2023), O palácio de cristal — a obra-prima de ferro e vidro de 1851 da indústria vitoriana, mais tarde usada como símbolo da utopia científica pelo niilista russo Tchernichevski — representa a visão de Dostoiévski para a distopia da tecnocracia total, à qual o indivíduo não pode sequer resistir por causa de sua base nas leis da natureza descobertas cientificamente: "você não pode se rebelar: duas vezes dois são quatro!" Ressalte-se que o verdadeiro Palácio de Cristal (*Crystal Palace*) foi um vasto salão de exposições de vidro e ferro construído em Londres para a Grande Exposição (*Great Exhibition of the Works of Industry of all Nations*). Segundo informações da *Biblioteca Nacional*, "Uma exposição universal era um inventário das regiões do mundo e do conhecimento humano, contemplava o 'novo' e também o 'exótico'. Participar da exposição era como existir sobre a face da Terra; percorrê-la era como dar uma volta ao mundo. A Exposição Universal de Londres recebeu mais de seis milhões de visitantes, contou com a participação de 25 países e mais de 13 mil expositores" (A EXPOSIÇÃO Universal de Londres de 1851 e o Palácio de Cristal. **Biblioteca Nacional**, 1º maio 2020. Disponível em: https://antigo.bn.gov.br/acontece/noticias/2020/05/exposicao-universal-londres-1851-palacio-cristal. Acesso em: 19 jul. 2023).

nossa vontade tola!" Isso também não importaria. Mas o que é irritante é que ele certamente encontraria seguidores — essa é a natureza do ser humano. E tudo isso pela razão mais tola, que, como se poderia pensar, dificilmente valeria a pena mencionar: isto é, que o ser humano, em todos os lugares e em todos os momentos, seja ele quem for, preferiu agir como escolheu, e não como sua razão e vantagem ditaram. E pode-se escolher o que é contrário aos próprios interesses e, às vezes, deve-se escolher o que deve ser feito (essa é a minha ideia). A escolha livre e irrestrita de uma pessoa, o próprio capricho, por mais selvagem que seja, sua fantasia, às vezes levada ao frenesi, é aquela "vantagem mais vantajosa" que negligenciamos, que não se enquadra em nenhuma classificação e contra a qual todos os sistemas e teorias estão sendo continuamente reduzidos a átomos. E como esses sábios sabem que o ser humano quer uma escolha normal e virtuosa? O que os fez conceber que os humanos devem querer uma escolha racionalmente vantajosa? O que as pessoas querem é simplesmente uma escolha independente, custe o que custar essa independência e aonde quer que ela leve. E escolha, é claro, só o diabo sabe qual é a escolha.

VIII

"Ha! Ha! Mas... você sabe que, na realidade, não existe escolha, diga o que quiser", você interporá com uma risada. "A ciência conseguiu analisar o ser humano a tal ponto que já sabemos que a escolha e o que é chamado de liberdade de vontade nada mais é do que..."

Fiquem, senhores, eu pretendia começar com isso, mas confesso que fiquei um pouco assustado. Eu ia dizer que só o diabo sabe do que depende a escolha, e que talvez isso fosse uma coisa muito boa, mas me lembrei dos ensinamentos da ciência... e me recompus. E aqui você começou a falar sobre isso. De fato, se algum dia for realmente descoberta uma fórmula para todos os nossos desejos e caprichos — ou seja, uma explicação do que eles dependem, por quais leis surgem, como se desenvolvem, o que almejam em um caso e em outro, e assim por diante, que é uma fórmula matemática real — então, muito provavelmente, o ser humano deixará de sentir desejo imediatamente, na verdade, ele terá certeza disso. Pois quem gostaria de escolher por regras? Além disso, ele será imediatamente transformado de um ser humano em uma parada de órgão ou algo do gênero; pois o que é uma pessoa sem desejos, sem livre arbítrio e sem escolha, senão uma parada em um órgão? O que você acha? Vamos calcular as chances — isso pode acontecer ou não?

"Puxa!", você decide. "Nossa escolha geralmente é equivocada por causa de uma falsa visão de nossa vantagem. Às vezes escolhemos um absurdo absoluto porque, em nossa tolice, vemos nesse absurdo o meio mais fácil de obter uma suposta vantagem. Porém, quando tudo isso for explicado e elaborado no papel (o que é perfeitamente possível, uma vez que é desprezível e insensato supor que algumas leis da natureza jamais serão compreendidas pelo ser humano), certamente os chamados desejos deixarão de existir. No caso de um desejo entrar em conflito com a razão, raciocinaremos e não desejaremos, porque será impossível manter nossa razão insensata em nossos desejos e, dessa forma, agir conscientemente contra a razão e desejar prejudicar a nós mesmos. E como toda escolha e raciocínio podem ser realmente calculados — porque algum dia serão descobertas as leis de nosso assim chamado livre-arbítrio —, então, brincadeiras à parte, pode ser que um dia haja algo como uma tabela construída com elas, de modo que realmente escolheremos de acordo com ela. Se, por exemplo, um dia for calculado e provado que eu fiz uma careta para alguém porque não pude deixar de fazer e que tive de fazer isso dessa maneira específica, que liberdade me restará, especialmente se eu for um homem instruído e tiver obtido meu diploma em algum lugar? Então, eu poderia calcular toda a minha vida com trinta anos de antecedência. Em suma, se isso pudesse ser feito, não haveria mais nada para fazermos; de qualquer forma, deveríamos entender isso. E, de fato, devemos repetir incansavelmente para nós mesmos que, em tal e tal momento e em tais e tais circunstâncias, a natureza não nos pede licença, isto é, temos de aceitá-la como ela é, e não a moldar para se adequar à nossa fantasia, e se realmente aspiramos a fórmulas e tabelas de regras, e mesmo à retorta química, não há ajuda para isso, devemos aceitar a retorta empregada nos laboratórios químicos, ou, então, ela será aceita sem o nosso consentimento..."

Sim, mas aqui eu paro! Senhores, vocês devem me desculpar por ser excessivamente filosófico, pois isso é o resultado de quarenta anos no subsolo! Permitam-me dar vazão à minha fantasia. Vejam, senhores, a razão é uma coisa excelente, não há como contestar isso, mas a razão não é nada além de razão, que satisfaz apenas o lado racional da natureza do ser humano, ao passo que a vontade é uma manifestação de toda a vida, ou seja, de toda a vida humana, incluindo a razão e todos os impulsos. Embora nossa vida, nessa manifestação dela, muitas vezes seja inútil, ainda assim é vida, e não simplesmente extração de raízes quadradas. Aqui eu, por exemplo, naturalmente quero viver, a fim de satisfazer todas as minhas capacidades para a vida, e não apenas minha capacidade de raciocínio, ou seja, não apenas um vigésimo de minha capacidade para a vida. O que a razão sabe? A razão só sabe o que conseguiu aprender (algumas coisas, talvez, ela nunca aprenderá; isso é um consolo ruim, mas por que não dizer isso francamente?) e a natureza humana age como um todo, com tudo o que há nela, consciente ou inconscientemente, e, mesmo que dê errado, ela vive. Suspeito, senhores, que estejam olhando para mim com compaixão. Vocês me dizem novamente que um indivíduo esclarecido e desenvolvido, como, em suma, será o ser humano do futuro, não pode desejar conscientemente nada que seja desvantajoso para si mesmo, e isso pode ser provado matematicamente. Concordo plenamente que isso pode ser provado pela Matemática. Mas repito pela centésima vez, há um caso, apenas um, em que o ser humano pode conscientemente, propositadamente, desejar o que é prejudicial a si mesmo, o que é estúpido, muito estúpido — simplesmente para ter o direito de desejar para si mesmo até o que é muito estúpido e não ser obrigado a desejar apenas o que é sensato. É claro que essa coisa muito estúpida, esse nosso capricho, pode ser, na verdade, senhores, mais vantajoso para nós do que qualquer outra coisa na Terra, especialmente em certos casos. Em particular, ele pode ser mais vantajoso do que qualquer outra vantagem, mesmo quando nos causa danos óbvios e contradiz as conclusões mais sólidas de nossa razão a respeito de nossa vantagem —, pois em qualquer circunstância ele preserva para nós o que é mais precioso e mais importante, ou seja, nossa personalidade, nossa individualidade. Alguns, veja você, sustentam que essa é realmente a coisa mais preciosa para a humanidade, uma vez que a escolha pode, é claro, se quiser, estar de acordo com a razão, especialmente se ela não for abusada, mas sim mantida dentro dos limites. É lucrativo e, às vezes, até louvável. Mas, com muita frequência a escolha é total e obstinadamente oposta à razão... e... e... você sabe que isso também é lucrativo, às vezes até louvável? Senhores, vamos supor que o ser humano não seja estúpido. (De fato, não podemos nos recusar a supor isso, tampouco que seja pela única consideração de que, se o ser humano for mesmo estúpido, então quem é sábio?). Mas se ele não for estúpido, ele é monstruosamente ingrato! Fenomenalmente ingrato. De fato, acredito que a melhor definição de ser humano é o bípede ingrato. Mas isso não é tudo, esse não é seu pior defeito; seu pior defeito é sua perpétua obliquidade moral, perpétua — desde os dias do Dilúvio até o período da Questão do Eslésvico-Holsácia. Obliquidade moral e, consequentemente, falta de bom senso, pois há muito tempo é aceito que a falta de bom senso não ocorre por outra causa senão a obliquidade moral. Ponha isso à prova e lance seus olhos sobre a história da humanidade. O que você verá? É um grande espetáculo? Grandioso, se você quiser. Veja o Colosso de Rodes[11], por exemplo, que vale alguma coisa. Com razão, o Sr. Anaevsky[12] afirma que alguns dizem que ele é obra das mãos do ser humano, ao passo

---

11 O Colosso de Rodes era uma das Sete Maravilhas do mundo antigo. Uma estátua colossal do deus do Sol Hélio (Mercúrio dos romanos) feita pelo escultor grego Carés de Lindos, uma outra cidade da Ilha de Rodes, e instalada na entrada do porto de Mandrake, na cidade de Rodes. Essa obra colossal foi erguida para comemorar o fim do longo e fracassado cerco de Rodes por Demétrio Poliórcetes da Macedônia, iniciado em 305 a.C. (BACELAR, Jonildo. Colosso de Rodes. Guia geográfico Grécia. Disponível em: https://www.guiageo-europa.com/grecia/rodes-colosso.htm. Acesso em: 20 jul. 2023).

12 Afanasy Anaevsky foi um jornalista que atuou profissionalmente em meados do século XIX.

que outros afirmam que ele foi criado pela própria natureza. É muito colorido? Talvez também seja multicolorido: se pegarmos os uniformes, militares e civis, de todos os povos em todas as épocas — só isso já vale alguma coisa, e se pegarmos os uniformes sem roupa, nunca chegaremos ao fim, pois nenhum historiador estaria à altura do trabalho. É monótono? Talvez seja monótono também: é luta e luta; eles estão lutando agora, lutaram primeiro e lutaram por último — você admitirá que é quase monótono demais. Em suma, pode-se dizer qualquer coisa sobre a história do mundo — qualquer coisa que possa entrar na imaginação mais desordenada. A única coisa que não se pode dizer é que ela é racional. A própria palavra fica presa em nossa garganta. E, de fato, esta é a coisa estranha que está sempre acontecendo: estão sempre aparecendo na vida pessoas morais e racionais, sábios e amantes da humanidade que têm como objetivo viver toda a sua vida da forma mais moral e racional possível, ser, por assim dizer, uma luz para seus vizinhos simplesmente para mostrar-lhes que é possível viver moral e racionalmente neste mundo. E, no entanto, todos nós sabemos que essas mesmas pessoas, mais cedo ou mais tarde, têm sido falsas consigo mesmas, pregando algum truque estranho, muitas vezes inapropriado.

Agora, eu pergunto: o que se pode esperar do ser humano, já que ele é um ser dotado de qualidades estranhas? Derrame sobre ele todas as bênçãos terrenas, afogue-o em um mar de felicidade, de modo que nada além de bolhas de felicidade possam ser vistas na superfície; dê a ele prosperidade econômica, de modo que ele não tenha mais nada a fazer a não ser dormir, comer bolos e se ocupar com a continuação de sua espécie, e mesmo assim, por pura ingratidão, puro desprezo, o ser humano lhe pregaria uma peça desagradável. Ele até arriscaria seus bolos e desejaria deliberadamente o lixo mais fatal, o absurdo mais antieconômico, simplesmente para introduzir em todo esse bom senso positivo seu elemento fantástico fatal. São apenas seus sonhos fantásticos, sua tolice vulgar que ele desejará reter, simplesmente para provar a si mesmo — como se isso fosse tão necessário — que as pessoas ainda são pessoas, e não as teclas de um piano, que as leis da natureza ameaçam controlar tão completamente que em breve não será possível desejar nada além do calendário. E isso não é tudo. Mesmo que o ser humano realmente não fosse nada além de uma tecla de piano, mesmo que isso lhe fosse provado pela Ciência natural e pela Matemática, mesmo assim ele não se tornaria razoável, mas faria propositalmente algo perverso por simples ingratidão, simplesmente para provar seu ponto de vista. E se ele não encontrar meios, ele planejará a destruição e o caos, planejará sofrimentos de todos os tipos, apenas para provar seu ponto de vista! Ele lançará uma maldição sobre o mundo e, como somente o ser humano pode amaldiçoar (é seu privilégio, a principal distinção entre ele e os outros animais), talvez somente com sua maldição ele atinja seu objetivo — ou seja, convencer-se de que é uma pessoa, e não uma tecla de piano! Se você disser que tudo isso também pode ser calculado e tabulado — caos, escuridão e maldições –, de modo que a mera possibilidade de calcular tudo isso de antemão acabaria com tudo, e a razão se reafirmaria, então o ser humano enlouqueceria de propósito para se livrar da razão e conquistar seu objetivo! Eu acredito nisso, eu respondo por isso, pois todo o trabalho do ser humano parece realmente consistir em nada além de provar a si mesmo a cada minuto que ele é uma pessoa, e não uma tecla de piano! Pode ser à custa de sua pele, pode ser por canibalismo! E, sendo assim, podemos deixar de nos sentirmos tentados a nos alegrar com o fato de que isso ainda não aconteceu, e que o desejo ainda depende de algo que não conhecemos?

Os senhores gritarão comigo (isto é, se tiverem a condescendência de fazê-lo) que ninguém está tocando em meu livre-arbítrio, que tudo o que lhes interessa é que minha vontade deva, por si mesma, coincidir com meus interesses normais, com as leis da natureza e da Aritmética.

Céus, senhores, que tipo de livre-arbítrio restará quando chegarmos à tabulação e à Aritmética, quando tudo será um caso de duas vezes dois são quatro? Duas vezes dois são quatro sem minha vontade. Como se o livre-arbítrio significasse isso!

IX

Senhores, estou brincando e sei que minhas piadas não são brilhantes, mas vocês sabem que tudo pode ser encarado como uma piada. Talvez eu esteja brincando contra a corrente. Senhores, estou atormentado por perguntas; respondam-nas para mim. O senhor, por exemplo, quer curar as pessoas de seus velhos hábitos e reformar sua vontade de acordo com a Ciência e o bom senso. Mas, como sabem não apenas que é possível, mas também que é desejável reformar o ser humano dessa maneira? E o que o leva à conclusão de que as inclinações do ser humano precisam ser reformadas? Em suma, como você sabe que essa reforma será um benefício para o ser humano? E para ir à raiz da questão, por que você está tão positivamente convencido de que não agir contra seus reais interesses normais garantidos pelas conclusões da razão e da Aritmética é certamente sempre vantajoso para o ser humano e deve ser sempre uma lei para a humanidade? Até agora, você sabe, isso é apenas uma suposição sua. Pode ser a lei da lógica, mas não a lei da humanidade. Os senhores acham que talvez eu esteja louco? Permitam que eu me defenda. Concordo que o ser humano é, antes de tudo, um animal criativo, predestinado a lutar conscientemente por um objeto e a se dedicar à Engenharia — ou seja, incessante e eternamente a criar novas estradas, para onde quer que elas levem. Mas a razão pela qual ele às vezes quer sair pela tangente pode ser apenas o fato de que ele está predestinado a fazer a estrada e, talvez, também, que por mais estúpido que o ser humano prático "direto" possa ser, às vezes lhe ocorra o pensamento de que a estrada quase sempre leva a algum lugar e que o destino a que ela leva é menos importante do que o processo de fazê-la, e que o principal é evitar que a criança bem conduzida despreze a Engenharia e, assim, dê lugar à ociosidade fatal, que, como todos sabemos, é a mãe de todos os vícios. O ser humano gosta de fazer estradas e de criar, isso é um fato incontestável. Mas, por que ele também tem um amor tão apaixonado pela destruição e pelo caos? Me digam isso! Sobre esse ponto, eu mesmo quero dizer algumas palavras. Será que ele não ama o caos e a destruição (não há como contestar que às vezes ele ama) porque tem medo instintivo de atingir seu objetivo e completar o edifício que está construindo? Quem sabe, talvez ele só ame esse edifício a distância, e não esteja de modo algum apaixonado por ele de perto; talvez ele só ame construí-lo e não queira morar nele, mas deixá-lo, quando concluído, para o uso dos animais domésticos — como as formigas, as ovelhas e assim por diante. Agora, as formigas têm um gosto bem diferente. Elas têm um edifício maravilhoso com aquele padrão que perdura para sempre — a pilha de formigas.

A respeitável raça das formigas começou com o formigueiro e provavelmente terminará com ele, o que dá muito crédito à sua perseverança e bom senso. Mas o ser humano é uma criatura frívola e incongruente, e talvez, como um jogador de xadrez, ame o processo do jogo, não o seu final. E quem sabe (não há como dizer com certeza), talvez o único objetivo na Terra pelo qual a humanidade está lutando esteja nesse processo incessante de alcançar, em outras palavras, na vida em si, e não na coisa a ser alcançada, que sempre deve ser expressa como uma fórmula, tão positiva quanto duas vezes dois faz quatro, e tal positividade não é vida, senhores, mas é o começo da morte. De qualquer forma, o ser humano sempre teve medo dessa certeza matemática, e eu tenho medo dela agora. É verdade que o ser humano não faz nada além de buscar essa certeza matemática, ele atravessa oceanos, sacrifica sua vida nessa busca, mas ter sucesso, realmente encontrá-la, ele teme, eu lhes garanto. Ele sente que, quando a tiver encontrado, não haverá nada mais para procurar. Quando os operários terminam seu trabalho, pelo menos recebem seu pagamento, vão para a taverna, depois são levados para a delegacia de polícia — e lá ficam ocupados por uma semana. Mas para onde o ser humano pode ir? De qualquer forma, pode-se observar um certo constrangimento nele quando alcança tais objetivos. Ele adora o processo de conquista, mas não gosta muito de ter conquistado, e isso, é claro, é muito absurdo. Na verdade, o ser humano é uma criatura cômica; parece haver uma espécie de brincadeira em tudo isso. Mas, ainda assim, a certeza matemática é, afinal, algo insuportável. Duas vezes dois fazer quatro me parece simplesmente uma insolência. Duas vezes dois fazer quatro é um indivíduo extremamente vaidoso que fica de braços cruzados barrando seu caminho e cuspindo. Admito que duas vezes dois fazer quatro é uma coisa excelente, mas se quisermos dar a tudo o que é devido, duas vezes dois fazer cinco às vezes também é uma coisa muito encantadora.

E por que você está tão firme, tão triunfante, convencido de que somente o normal e o positivo — em outras palavras, somente o que conduz ao bem-estar — é vantajoso para uma pessoa? A razão não está errada no que diz respeito à vantagem? O ser humano, talvez, não ame algo além do bem-estar? Talvez ele também goste de sofrer? Talvez o sofrimento seja um benefício tão grande para ele quanto o bem-estar? O ser humano às vezes é extraordinariamente apaixonado pelo sofrimento, e isso é um fato. Não há necessidade de apelar para a história universal para provar isso. Basta perguntar a si mesmo, se você é uma pessoa e já viveu. No que diz respeito à minha opinião pessoal, preocupar-se apenas com o bem-estar me parece algo positivamente malcriado. Seja bom ou ruim, às vezes também é muito agradável esmagar coisas. Não me preocupo com o sofrimento nem com o bem-estar. Estou defendendo... meu capricho e que ele me seja garantido quando necessário. O sofrimento estaria fora de lugar nos vaudevilles, por exemplo; eu sei disso. No "Palácio de Cristal" é impensável; sofrimento significa dúvida, negação, e qual seria a utilidade de um "palácio de cristal" se pudesse haver qualquer dúvida sobre ele? No entanto, acho que o ser humano nunca renunciará ao sofrimento real, ou seja, à destruição e ao caos. Ora, o sofrimento é a única origem da consciência. Embora eu tenha dito no início que a consciência é o maior infortúnio para o ser humano, sei que ele a aprecia e não abriria mão dela por nenhuma satisfação. A consciência, por exemplo, é infinitamente superior a duas vezes dois fazer quatro. Quando você tem certeza matemática, não há mais nada a fazer ou entender. Não restará mais nada a não ser engarrafar seus cinco sentidos e mergulhar na contemplação. Se você se mantiver na consciência, apesar de o mesmo resultado ser alcançado, poderá pelo menos se açoitar de vez em quando, e isso, de qualquer forma, o animará. Por mais reacionário que seja, o castigo corporal é melhor do que nada.

X

Você acredita em um palácio de cristal que nunca poderá ser destruído — um palácio no qual não será possível colocar a língua para fora ou fazer um nariz comprido às escondidas. E talvez seja exatamente por isso que tenho medo desse edifício, pelo fato de ele ser de cristal e nunca poder ser destruído e de não possibilitar que alguém coloque a língua para fora nem às escondidas.

Veja bem, se não fosse um palácio, mas um galinheiro, eu poderia entrar nele para evitar me molhar e, ainda assim, não chamaria o galinheiro de palácio por gratidão a ele por me manter seco. Você ri e diz que, nessas circunstâncias, um galinheiro é tão bom quanto uma mansão. Sim, eu respondo, se a pessoa precisasse viver simplesmente para se manter longe da chuva.

Mas o que fazer se eu me convenci de que esse não é o único objetivo da vida e que, se for preciso viver, é melhor morar em uma mansão? Essa é minha escolha, meu desejo. Você só o erradicará quando tiver mudado minha preferência. Bem, mude-a, atraia-me com outra coisa, dê-me outro ideal. Mas, enquanto isso, não tomarei um galinheiro por uma mansão. O palácio de cristal pode ser um sonho ocioso, pode ser que seja inconsistente com as leis da natureza e que eu o tenha inventado apenas por minha estupidez, pelos hábitos irracionais antiquados de minha geração. Mas o que importa para mim o fato de ela ser inconsistente? Isso não faz diferença, pois ela existe em meus desejos, ou melhor, existe enquanto meus desejos existirem. Talvez esteja rindo novamente? Ria à vontade. Eu aguentarei qualquer zombaria em vez de fingir que estou satisfeito quando estou com fome. Sei, de qualquer forma, que não ficarei desanimado com um compromisso, com um zero recorrente, simplesmente porque ele é coerente com as leis da natureza e existe de fato. Não aceitarei como a coroa de meus desejos um bloco de edifícios com cortiços para os pobres em um contrato de aluguel de mil anos, e talvez com a placa de um dentista pendurada. Destrua meus desejos, erradique meus ideais, mostre-me algo melhor, e eu o seguirei. Você dirá, talvez, que não vale a pena se dar ao trabalho; mas, nesse caso, posso lhe dar a mesma resposta. Estamos discutindo as coisas com seriedade, mas se não se dignar a me dar atenção, deixarei de conhecê-lo. Posso me refugiar em meu buraco subterrâneo.

Enquanto estiver vivo e tiver desejos, preferiria que minha mão fosse cortada do que trazer um tijolo para tal edifício! Não me lembre de que acabei de rejeitar o palácio de cristal pelo simples fato de que não se pode colocar a língua para fora nele. Eu não disse isso porque gosto muito de colocar minha língua para fora. Talvez eu tenha ficado ressentido com o fato de que, de todos os seus edifícios, não houve nenhum em que não se pudesse colocar a língua para fora. Pelo contrário, eu deixaria que minha língua fosse cortada por gratidão se as coisas pudessem ser organizadas de tal forma que eu perdesse todo o desejo de colocá-la para fora. Não é minha culpa o fato de as coisas não poderem ser organizadas dessa forma e de termos de nos contentar com os modelos de apartamentos. Então, por que fui criado com tais desejos? Posso ter sido criado simplesmente para chegar à conclusão de que toda a minha construção é uma fraude? Pode ser esse o meu propósito? Não acredito nisso.

Mas sabe de uma coisa: estou convencido de que nós, os habitantes do subsolo, devemos ser mantidos em um meio-fio. Embora possamos ficar quarenta anos no subterrâneo sem falar, quando saímos para a luz do dia e nos soltamos, falamos e falamos e falamos...

XI

Em resumo, senhores, é melhor não fazer nada! É melhor a inércia consciente! Portanto, viva o subsolo! Embora eu tenha dito que invejo o ser humano normal até a última gota de minha bile, ainda assim não gostaria de estar em seu lugar como ele está agora (embora eu não deixe de invejá-lo). Não, não; de qualquer forma, a vida subterrânea é mais vantajosa. Lá, de qualquer forma, é possível... Ah, mas mesmo agora estou mentindo! Estou mentindo porque eu mesmo sei que não é o subterrâneo que é melhor, mas algo diferente, bem diferente, pelo qual estou sedento, mas que não consigo encontrar! Maldito subterrâneo!

Vou lhes dizer outra coisa que seria melhor, ou seja, se eu mesmo acreditasse em qualquer coisa do que acabei de escrever. Juro a vocês, senhores, que não há uma única coisa, uma única palavra do que escrevi em que eu realmente acredite. Ou seja, talvez eu acredite, mas, ao mesmo tempo, sinto e suspeito que estou mentindo como um sapateiro[13].

"Então por que você escreveu tudo isso?", você me dirá. "Eu deveria colocá-lo na clandestinidade por quarenta anos sem nada para fazer e, depois, procurá-lo em seu porão para descobrir em que estágio você chegou! Como pode uma pessoa ficar sem nada para fazer por quarenta anos?"

"Isso não é vergonhoso, não é humilhante?", você perguntará, talvez, balançando a cabeça com desprezo. Vocês têm sede de vida e tentam resolver os problemas da vida por meio de um emaranhado lógico. E como são persistentes, como são insolentes

---

13 Alguns estudiosos da obra de Dostoiévski afirmam que esse "sapateiro" se refere ao fato de haver uma expressão russa "beber como um sapateiro". Por isso, Dostoiévski quis dizer que estaria dizendo bobagens como se estivesse bêbado.

suas investidas e, ao mesmo tempo, que susto você está levando! Você fala bobagens e fica satisfeito com isso; diz coisas impudentes e está sempre alarmado e se desculpando por elas. O senhor declara que não tem medo de nada e, ao mesmo tempo, tenta se tornar benquisto em nossa boa opinião. Você declara que está rangendo os dentes e, ao mesmo tempo, tenta ser espirituoso para nos divertir. Você sabe que seus gracejos não são espirituosos, mas está evidentemente satisfeito com seu valor literário. Talvez você tenha realmente sofrido, mas não tem respeito pelo próprio sofrimento. Você pode ter sinceridade, mas não tem modéstia; por vaidade mesquinha, expõe sua sinceridade à publicidade e à ignomínia. Sem dúvida, você pretende dizer alguma coisa, mas esconde sua última palavra por medo, porque não tem a ousadia de pronunciá-la e só tem um atrevimento covarde. Você se vangloria de ter consciência, mas não tem certeza de sua base, pois, embora sua mente funcione, seu coração está obscurecido e corrompido, e você não pode ter uma consciência plena e genuína sem um coração puro. E como você é intrometido, como insiste e faz careta! Mentiras, mentiras, mentiras!

É claro que eu mesmo inventei todas as coisas que você diz. Isso também vem do subterrâneo. Há quarenta anos eu o escuto por uma fresta no chão. Eu mesmo as inventei, não havia mais nada que eu pudesse inventar. Não é de se admirar que eu tenha aprendido de cor e que tenha assumido uma forma literária...

Poderia você realmente ser tão crédulo a ponto de pensar que vou imprimir tudo isso e dar a você para ler também? E outro problema: por que eu os chamo de "senhores"? Por que me dirijo a vocês como se fossem realmente meus leitores? Confissões como as que pretendo fazer nunca são impressas ou dadas para outras pessoas lerem. De qualquer forma, não sou forte o suficiente para isso, e não vejo por que deveria ser. Mas veja que me ocorreu uma fantasia e quero realizá-la a todo custo. Deixe-me explicar.

Todo ser humano tem a faculdade de reter e reproduzir aquilo que aprendeu, mas que não contaria a qualquer pessoa, apenas a seus amigos. Ele tem outros assuntos em sua mente que não revelaria sequer a seus amigos, mas somente a si mesmo, e isso em segredo. Mas há outras coisas que um ser humano tem medo de contar até para si mesmo, e toda pessoa decente tem várias dessas coisas guardadas em sua mente. Quanto mais decente ela for, maior será o número de coisas desse tipo em sua mente. De qualquer forma, só recentemente decidi relembrar algumas de minhas primeiras aventuras. Até agora, sempre as evitei, mesmo com uma certa inquietação. Agora, quando não estou apenas relembrando-as, mas realmente decidi escrever um relato delas, quero experimentar se é possível mesmo ser perfeitamente aberto e não me assustar com toda a verdade. Observarei, entre parênteses, que Heine[14] diz que uma autobiografia verdadeira é quase uma impossibilidade, e que o ser humano é obrigado a mentir sobre si mesmo. Ele considera que Rousseau[15] certamente contou mentiras sobre si mesmo em suas confissões, e até mentiu intencionalmente, por vaidade. Estou convencido de que Heine está certo, uma vez que entendo perfeitamente como às vezes alguém pode, por pura vaidade, atribuir crimes regulares a si mesmo e, de fato, posso muito bem conceber esse tipo de vaidade. Mas Heine julgou as pessoas que fizeram suas confissões ao público. Escrevo

14 Christian Johann Heinrich Heine (1797-1856) foi um poeta romântico alemão cuja poesia lírica, especialmente a sua obra de juventude, foi musicada por vários compositores notáveis como Robert Schumann, Franz Schubert, Felix Mendelssohn e Brahms.

15 Ao mencionar o filósofo Jean-Jacques Rousseau, cujas ideias até hoje influenciam as Ciências Humanas, Dostoiévski desconstrói, segundo afirma Elizabeth Muylaert Duque-Estrada (*Devires autobiográficos*: a atualidade da escrita de si. Rio de Janeiro: Nau Editora; PUC/RIO, 2009), todo um conjunto de crenças que atravessou os séculos na linhagem da escrita autobiográfica.

apenas para mim mesmo e quero declarar de uma vez por todas que, se escrevo como se estivesse me dirigindo aos leitores, é simplesmente porque é mais fácil para mim escrever dessa forma. É uma forma, uma forma vazia — nunca terei leitores. Já deixei isso bem claro...

Não quero ser prejudicado por nenhuma restrição na compilação de minhas anotações. Não tentarei nenhum sistema ou método. Anotarei as coisas à medida que me lembrar delas.

Mas aqui, talvez, alguém perceba a palavra e me pergunte: se você realmente não conta com leitores, por que faz tais acordos consigo mesmo — e também no papel — ou seja, que não tentará nenhum sistema ou método, que anotará as coisas conforme se lembrar delas, e assim por diante? Por que está se explicando? Por que está se desculpando?

Bem, aí está, eu respondo.

No entanto, há toda uma psicologia em tudo isso. Talvez seja simplesmente o fato de eu ser um covarde. E talvez eu imagine propositalmente um público diante de mim para que eu possa ser mais digno enquanto escrevo. Talvez existam milhares de motivos. Novamente, qual é exatamente o meu objetivo ao escrever? Se não for para o benefício do público, por que eu não deveria simplesmente relembrar esses incidentes em minha mente sem colocá-los no papel?

É verdade, mas ainda assim é mais imponente no papel. Há algo mais impressionante nisso, pois terei mais condições de me criticar e melhorar meu estilo. Além disso, talvez eu obtenha um alívio real ao escrever. Hoje, por exemplo, estou particularmente oprimido por uma lembrança de um passado distante. Ela voltou vividamente à minha mente há alguns dias e continua me assombrando como uma melodia irritante da qual não conseguimos nos livrar. E, no entanto, preciso me livrar dela de alguma forma. Tenho centenas de lembranças desse tipo, mas às vezes uma se destaca das centenas e me oprime. Por alguma razão, acredito que se eu a escrever conseguirei me livrar dela. Por que não tentar?

Além disso, estou entediado e nunca tenho nada para fazer. Escrever será uma espécie de trabalho. Dizem que o trabalho torna o ser humano bondoso e honesto. Bem, aqui está uma chance para mim, de qualquer forma.

A neve está caindo hoje, amarela e suja. Caiu ontem também, e há alguns dias. Acho que foi a neve úmida que me fez lembrar daquele incidente do qual não consigo me livrar agora. Portanto, que esta seja uma história sobre a neve que está caindo.

PARTE II

A PROPÓSITO DA NEVE DERRETIDA

Quando da subjugação do erro sombrio
Minhas palavras de apaixonada exortação
  Libertaram seu espírito desmaiado;
E se contorcendo em sua aflição
Você recordou com maledicência
  O vício que o envolveu:
E quando sua consciência adormecida, em sobressalto
  Pela chama torturante da lembrança,
Você revelou o hediondo cenário
  Da corrente de sua vida, antes de eu chegar:
Quando de repente te vi adoecer,
  E, chorando, esconder seu rosto angustiado,
Revoltado, enlouquecido, horrorizado,
  Com as lembranças da desgraça.

NEKRASSOV (traduzido para o inglês por Juliet Soskice).

I

Naquela época, eu tinha apenas vinte e quatro anos. Minha vida era sombria, desregulada e tão solitária quanto a de um selvagem. Eu não fazia amizade com ninguém, evitava falar e me enterrava cada vez mais em meu buraco. No trabalho ou no escritório eu nunca olhava para ninguém, e sabia perfeitamente que meus companheiros me viam não apenas como um sujeito estranho, mas até — sempre imaginei isso — com um tipo de aversão. Às vezes eu me perguntava por que ninguém, exceto eu, imaginava que ele era visto com aversão? Um dos funcionários tinha um rosto muito repulsivo e cheio de marcas, que parecia positivamente vil. Acredito que eu não teria me atrevido a olhar para alguém com um semblante tão feio. Outro tinha um uniforme velho e muito sujo que exalava um odor desagradável em sua proximidade. No entanto, nenhum desses cavalheiros demonstrou a menor autoconsciência — nem em relação às roupas nem ao semblante, tampouco ao caráter, de forma alguma. Nenhum deles jamais imaginou que fosse olhado com repulsa, pois se tivessem imaginado não teriam se importado — desde que seus superiores não os olhassem dessa forma. Agora, está claro para mim que por causa da minha vaidade ilimitada e do alto padrão que estabeleci para mim mesmo muitas vezes eu me olhava com um descontentamento furioso, que beirava a aversão, e assim eu atribuía interiormente o mesmo sentimento a todos. Eu odiava meu rosto, por exemplo, achando-o repugnante. Até suspeitava de que havia algo de vil em minha expressão e, por isso, todos os dias, quando chegava ao escritório, tentava me comportar da maneira mais independente possível e assumir uma expressão altiva, para que não fosse suspeito de ser abjeto. "Meu rosto pode ser feio", eu pensava, "mas que ele seja elevado, expressivo e, acima de tudo, extremamente inteligente".

Mas eu tinha certeza absoluta e dolorosa de que era impossível que meu semblante jamais expressasse essas qualidades. E o pior de tudo é que eu achava minha aparência realmente estúpida, e teria ficado muito satisfeito se pudesse parecer inteligente. Na verdade, eu teria suportado a aparência de baixo nível se, ao mesmo tempo, meu rosto pudesse ser considerado surpreendentemente inteligente.

É claro que eu odiava meus colegas de trabalho e os desprezava, ao mesmo tempo que tinha medo deles. De fato, às vezes eu os tinha em maior conta do que a mim mesmo. De alguma forma, repentinamente eu alternava entre desprezá-los e considerá-los superiores a mim. Um indivíduo culto e decente não pode ser vaidoso sem estabelecer um padrão terrivelmente elevado para si mesmo e sem desprezar e quase odiar a si próprio em certos momentos. Entretanto, mesmo se eu os desprezasse ou os considerasse superiores, eu baixava os olhos quase sempre que encontrava alguém. Cheguei a fazer experimentos para ver se conseguiria encarar os olhares de fulano e beltrano, e sempre fui o primeiro a baixar os olhos. Isso me preocupava muito. Eu também tinha um pavor doentio de ser ridículo e, por isso, tinha uma paixão servil pelo convencional em tudo o que era externo. Eu adorava cair na rotina comum e tinha um terror incondicional de qualquer tipo de excentricidade em mim. Mas como eu poderia viver de acordo com isso? Eu era morbidamente sensível, como deveria ser um homem de nossa idade. Eles eram todos estúpidos e tão parecidos uns com os outros quanto tantas ovelhas. Talvez eu fosse o único no escritório que imaginava ser um covarde e um escravo, e eu imaginava isso só porque era mais desenvolvido. Não era apenas isso que eu imaginava, mas também era realmente assim. Eu era um covarde e um escravo. Digo isso sem o menor constrangimento. Todo indivíduo decente de nossa época deve ser um covarde e um escravo. Essa é sua condição normal. Estou firmemente convencido disso. Ele é feito e construído exatamente para esse fim. E não apenas no momento atual em função de algumas circunstâncias casuais, mas sempre, em todos os momentos, um indivíduo decente está fadado a ser um covarde e um escravo. Essa é a lei da natureza para todas as pessoas decentes em todo o mundo. Se alguém for corajoso em alguma coisa, não precisa se consolar nem se deixar levar por isso, uma vez que ele mostraria a bandeira branca da mesma forma diante de qualquer outra coisa. É assim que o caso termina invariavelmente e inevitavelmente. Somente os burros e as mulas são corajosos, e somente até serem empurrados contra a parede. Não vale a pena dar atenção a eles, pois realmente não têm importância.

Outra circunstância também me preocupava naqueles dias: o fato de não haver ninguém como eu, isto é, de eu ser diferente de todos os outros. "Eu estou sozinho e eles estão todos", eu pensava — e ponderava.

Por isso, é evidente que eu ainda era um jovem.

Às vezes acontecia exatamente o contrário. Às vezes, era repugnante ir ao escritório, pois as coisas chegavam a tal ponto que eu frequentemente voltava para casa doente. Mas, de repente, do nada, chegava uma fase de ceticismo e indiferença (tudo acontecia em fases para mim), e eu ria de minha intolerância e desinteresse, censurando-me por ser romântico. Em um momento, eu não estava disposto a falar com ninguém, ao passo que em outros momentos eu não apenas falava, mas também chegava a pensar em fazer amizade com eles. Todo o meu aborrecimento desaparecia de repente, sem nenhuma razão ou motivo. Quem sabe, talvez eu nunca o tivesse tido de fato, e ele simplesmente tivesse sido afetado e saído dos livros. Ainda não decidi essa questão. Certa vez, fiz amizade com eles, visitei suas casas, joguei preferência[16], bebi vodca, falei de promoções. Mas aqui vou fazer uma digressão.

Nós, russos, falando de modo geral, nunca tivemos aqueles tolos "românticos" transcendentais — alemães, e ainda mais franceses — sobre os quais nada produz qualquer efeito. Mesmo se houvesse um terremoto, se toda a França perecesse nas barricadas, eles continuariam os mesmos, não teriam sequer a decência de fazer uma mudança, mas continuariam cantando suas canções transcendentais até a hora de sua morte, porque são tolos. Nós, na Rússia, não temos tolos, e isso é bem conhecido. É isso que nos distingue das terras estrangeiras. Consequentemente, essas naturezas transcendentais não são encontradas entre nós em sua forma pura. A ideia de que elas existem se dá em razão dos nossos jornalistas e críticos "realistas" daquela época, sempre à procura de Kostanzhoglo[17] e Pyotr Ivanitch[18], aceitando-os tolamente como nosso ideal. Eles caluniaram nossos românticos, tomando-os pelo mesmo tipo transcendental da Alemanha ou da França. Pelo contrário, as características de nossos "românticos" são absoluta e diretamente opostas ao tipo transcendental europeu, e nenhum padrão europeu pode ser aplicado a eles. (Permitam-me usar essa palavra "romântico" — antiquada e muito respeitada, que tem prestado um bom serviço e é familiar a todos). As características de nosso romântico são entender tudo, ver tudo

16 *Preference* é um jogo de truque simples de 10 cartas com lances, jogado por três ou quatro jogadores com um baralho de 32 cartas com muitas regras complicadas e abordagens estratégicas. Popular na Rússia desde aproximadamente a década de 1830, rapidamente se tornou o jogo de cartas nacional do país. Embora tenha sido substituído pelo Durak — que significa "tolo", pois é o título dado ao perdedor do jogo, o último jogador a se livrar de suas cartas –, ele ainda é um dos jogos populares da Rússia.

17 Konstantin Fedorovich Kostanzhoglo é um personagem da segunda parte inacabada de *Dead Souls* (Almas mortas), um poema sobre a Rússia moderna, do escritor russo Nikolai Gogol (1809-1852), o qual é casado com a irmã de outro personagem, Platonov.

18 Pyotr Ivanitch é personagem da obra *Romance em Nove Cartas*, de Fiódor Dostoiévski.

e, muitas vezes, de forma incomparavelmente mais clara do que nossas mentes mais realistas veem, recusar-se a aceitar qualquer pessoa ou qualquer coisa, ao mesmo tempo que não desprezam nada; ceder, ceder, por política; nunca perder de vista um objeto prático e útil (como quartos livres de aluguel à custa do governo, pensões, condecorações), manter os olhos nesse objeto através de todos os entusiasmos e volumes de poemas líricos e, ao mesmo tempo, preservar "o sublime e o belo" inviolados dentro deles até a hora de sua morte, e preservar a si mesmos também, incidentalmente, como uma joia preciosa embrulhada em algodão, mesmo que seja apenas para o benefício do "sublime e do belo". O nosso "romântico" é um ser humano de grande envergadura e o maior trapaceiro de todos os nossos trapaceiros, eu lhe garanto... Posso lhe garantir por experiência própria, de fato. É claro, isto é, se ele for inteligente. Mas o que estou dizendo! O romântico é sempre inteligente, e eu só quis observar que, embora tenhamos tido românticos tolos, eles não contam, e só o foram porque, no auge da juventude degeneraram em alemães e, para preservar sua joia preciosa mais confortavelmente, estabeleceram-se em algum lugar lá fora — de preferência em Weimar ou na Floresta Negra.

Eu, por exemplo, desprezava genuinamente meu trabalho oficial e não abusava dele abertamente simplesmente porque eu mesmo estava nele e recebia um salário por isso. De qualquer forma, observe que eu não abusava abertamente dele. Nosso romântico preferia enlouquecer — algo que, no entanto, raramente acontece — a abusar abertamente, a não ser que tivesse alguma outra carreira em vista; e ele nunca é expulso. No máximo, eles o levariam para um manicômio como "o rei da Espanha" se ele ficasse muito louco. Mas são apenas as pessoas magras e justas que enlouquecem na Rússia. Inúmeros "românticos" alcançam mais tarde na vida uma posição considerável no serviço. Sua multifuncionalidade é notável! E que faculdade eles têm para as sensações mais contraditórias! Eu me sentia confortado com esse pensamento, mesmo naquela época, e sou da mesma opinião agora. É por isso que há tantas "naturezas amplas" entre nós, que nunca perdem seu ideal, mesmo nas profundezas da degradação. Muito embora nunca mexam um dedo por seu ideal, embora sejam ladrões e malandros flagrantes, ainda assim eles prezam com lágrimas o seu primeiro ideal e são extraordinariamente honestos de coração. Sim, é somente entre nós que o bandido mais incorrigível pode ser absoluta e nobremente honesto de coração sem deixar de ser um bandido. Repito, nossos românticos, com frequência, tornam-se patifes tão bem-sucedidos (uso o termo "patife" de forma carinhosa) e capazes de demonstrar tal senso de realidade e conhecimento prático que seus superiores ficam desnorteados, e o público em geral quase sempre se surpreende.

Sua multifuncionalidade é realmente incrível, e sabe-se lá no que isso pode se transformar mais tarde e o que o futuro nos reserva. Não é um material ruim! Não estou dizendo isso por nenhum patriotismo tolo ou arrogante. Mas tenho certeza de que você está novamente imaginando que estou brincando. Ou talvez seja exatamente o contrário e os senhores estejam convencidos de que eu realmente penso assim. De qualquer forma, senhores, receberei ambos os pontos de vista como uma honra e um favor especial. E perdoem minha digressão.

É claro que não mantive relações amistosas com meus camaradas e logo entrei em conflito com eles e, em minha juventude e inexperiência, até deixei de me curvar diante deles, como se tivesse cortado todas as relações. Isso, no entanto, só aconteceu comigo uma vez. Via de regra, eu estava sempre sozinho.

Em primeiro lugar, eu passava a maior parte do tempo em casa, lendo. Tentei sufocar tudo o que estava fervilhando continuamente dentro de mim por meio de impressões externas. E o único meio externo que eu tinha era a leitura. A leitura, é claro, era de grande ajuda, pois me estimulava, dava-me prazer e até causava dor. Mas, às vezes, ela me entediava terrivelmente. Assim, eu ansiava por movimento, motivo pelo qual mergulhei de uma só vez em um vício escuro, subterrâneo e repugnante do tipo mais insignificante. Minhas paixões infelizes eram agudas, agudas, e por causa da minha irritabilidade contínua e doentia eu tinha impulsos histéricos, com lágrimas e convulsões. Eu não tinha nenhum recurso, exceto a leitura, ou seja, não havia nada em meu ambiente que eu pudesse respeitar e que me atraísse. Eu também estava dominado pela depressão, tinha um desejo histérico por incongruência e contraste, e por isso recorri ao vício. Não disse tudo isso para me justificar... Em verdade, não! Estou mentindo. Eu queria de fato me justificar. Faço essa pequena observação em benefício próprio, senhores. Não quero mentir. Jurei a mim mesmo que não o faria.

E assim, furtivamente, timidamente, na solidão, à noite, eu me entregava a vícios imundos, com um sentimento de vergonha que nunca me abandonava, mesmo nos momentos mais repugnantes, e que nesses momentos quase me fazia amaldiçoar. Já naquela época eu tinha meu mundo subterrâneo em minha alma. Eu tinha muito medo de ser visto, de ser encontrado, de ser reconhecido. Visitei vários lugares obscuros.

Certa noite, ao passar por uma taverna, vi por uma janela iluminada alguns cavalheiros lutando com tacos de bilhar e vi um deles ser jogado pela janela. Em outras ocasiões, eu deveria ter me sentido muito enojado, mas estava com tanta disposição na época que, na verdade, invejei o cavalheiro jogado pela janela — e o invejei tanto que até entrei na taverna e na sala de bilhar. "Talvez", pensei, "eu também tenha uma briga e eles me joguem pela janela".

Eu não estava bêbado, mas o que se pode fazer — a depressão leva qualquer pessoa a esse nível de histeria? Mas nada aconteceu.

Parecia que eu não estava à altura de ser jogado pela janela, e fui embora sem brigar.

Um policial me colocou em meu lugar desde o primeiro momento.

Eu estava de pé ao lado da mesa de bilhar e, em minha ignorância, bloqueando o caminho, e ele queria passar. Então, ele me pegou pelos ombros e, sem uma palavra — sem aviso nem explicação –, levou-me de onde eu estava para outro lugar e passou como se não tivesse me notado. Eu poderia ter perdoado os golpes, mas não poderia perdoar o fato de ele ter me movido sem me notar.

O diabo sabe o que eu teria dado por uma briga normal de verdade — uma briga mais decente, mais literária, por assim dizer. Eu havia sido tratado como uma mosca. Esse oficial tinha mais de um metro e oitenta, ao passo que eu era um sujeito pequeno e magro. Mas a briga estava em minhas mãos. Bastava eu protestar e certamente teria sido jogado pela janela. Mas mudei de ideia e preferi bater em retirada, ressentido.

Saí da taverna direto para casa, confuso e perturbado, e na noite seguinte saí novamente com as mesmas intenções lascivas, ainda mais furtiva, abjeta e miseravelmente do que antes, por assim dizer, com lágrimas nos olhos — mas ainda assim saí novamente. Não pense, porém, que foi a covardia que me fez fugir do oficial, pois eu nunca fui um covarde de coração, embora sempre tenha sido um covarde em ação. Não tenha pressa em rir — garanto-lhe que posso explicar tudo.

Ah, se aquele oficial fosse do tipo que consentiria em lutar em um duelo! Mas não, ele era um daqueles cavalheiros (infelizmente, há muito extintos!) que preferiam lutar com tacos ou, como o tenente Pirogov[19], de Gogol, apelar para a polícia. Eles não lutavam em duelos e teriam considerado um duelo com um civil como eu um procedimento totalmente indecoroso em qualquer caso — e viam o duelo como algo impossível, algo de pensamento livre e francês. Mas eles estavam prontos para intimidar, especialmente quando tinham mais de um metro e oitenta.

Eu não fugi por covardia, mas por uma vaidade sem limites. Eu não tinha medo do seu metro e oitenta, tampouco de levar uma surra e ser jogado pela janela. Eu deveria ter tido coragem física suficiente, garanto-lhe, mas não tive coragem moral. O que eu temia era que todos os presentes, desde o insolente marcador até o mais humilde funcionário fedorento e cheio de espinhas, com um colarinho engordurado, zombassem de mim e não entendessem quando eu começasse a protestar e a me dirigir a eles em linguagem literária. Por causa do ponto de honra — não da honra, mas do ponto de honra (*point d'honneur*) — não se pode falar entre nós, exceto em linguagem literária. Não se pode fazer alusão ao "ponto de honra" em linguagem comum. Eu estava plenamente convencido (o senso de realidade, apesar de todo o meu romantismo!) de que todos eles simplesmente se partiriam de tanto rir, e que o oficial não iria simplesmente me bater, isto é, sem me insultar, mas certamente me daria uma joelhada nas costas, me chutaria em volta da mesa de bilhar e, só então, talvez tivesse pena e me jogasse pela janela.

É claro que esse incidente trivial não poderia terminar assim. Depois disso, encontrei muitas vezes aquele policial na rua e o observei com bastante atenção. Não tenho certeza de que ele me reconheceu, imagino que não, acho que por certos sinais. Mas eu o encarava com rancor e ódio, e assim continuou... por vários anos!

19 Personagem vaidoso e metido a conquistador do conto *Avenida Niévski*, de Nikolai Gogol, cujo cenário é a principal avenida de São Petersburgo.

Meu ressentimento aumentou ainda mais com o passar dos anos. No início, comecei a fazer perguntas furtivas sobre esse oficial. Era difícil fazer isso, pois eu não conhecia ninguém. Mas um dia ouvi alguém gritar seu sobrenome na rua enquanto eu o seguia a distância, como se estivesse amarrado a ele — e assim fiquei sabendo seu sobrenome. Em outra ocasião, segui-o até seu apartamento e, por dez copeques[20], soube pelo porteiro onde ele morava, em que andar, se morava sozinho ou com outras pessoas, e assim por diante — na verdade, tudo o que se podia saber de um porteiro. Certa manhã, embora eu nunca tivesse experimentado a pena, de repente me ocorreu escrever uma sátira sobre esse oficial na forma de um romance que desmascararia sua vilania. Escrevi o romance com prazer. Desmascarei sua vilania, até a exagerei. A princípio, alterei seu sobrenome de tal forma que ele poderia ser facilmente reconhecido, mas, pensando melhor, mudei-o e enviei a história para o *Otetchestvenniya Zapiski*[21]. Naquela época, porém, tais ataques não estavam na moda e minha história não foi publicada. Isso foi um grande aborrecimento para mim.

Às vezes, eu me sentia sufocado de ressentimento. Por fim, decidi desafiar meu inimigo para um duelo. Escrevi uma carta esplêndida e encantadora para ele, exigindo que se desculpasse comigo e sugerindo claramente um duelo em caso de recusa. A carta foi redigida de tal forma que, se o oficial tivesse o mínimo de compreensão do sublime e do belo, certamente teria se atirado em meu pescoço e me oferecido sua amizade. E como isso teria sido bom! Como teríamos nos dado bem juntos! "Ele poderia ter me protegido com seu posto mais alto, ao passo que eu poderia ter

20 Moeda que representa a centésima parte do rublo, a unidade monetária oficial russa.

21 *Otetchestvenniya Zapiski* foi uma revista literária russa publicada mensalmente em São Petersburgo entre 1818 e 1884. Orientada a leitores de mentalidade liberal, conhecidos como a *intelligentsia*, publicava romances importantes, tais como *Oblómov* (1859), de Ivan Gontcharov, além de *O Duplo* (1846) e *O Adolescente* (1875), de Fiódor Dostoiévski, obras que apareceram pela primeira vez no referido periódico.

melhorado sua mente com minha cultura e, bem... minhas ideias, e todo tipo de coisa poderia ter acontecido". Imagine só, isso foi dois anos depois do insulto que ele me fez, e meu desafio teria sido um anacronismo ridículo, apesar de toda a engenhosidade da minha carta em disfarçar e explicar o anacronismo. Mas, graças a Deus (até hoje agradeço ao Todo-Poderoso com lágrimas nos olhos), não enviei a carta a ele. Sinto arrepios nas costas quando penso no que poderia ter acontecido se eu a tivesse enviado.

Repentinamente, eu me vinguei da maneira mais simples, com um golpe de gênio! Um pensamento brilhante me ocorreu. Às vezes, nos feriados, eu costumava passear pelo lado ensolarado da Niévski por volta das quatro horas da tarde. Embora não fosse um passeio, era mais uma série de inúmeras misérias, humilhações e ressentimentos. Sem dúvida, era exatamente isso que eu queria. Eu costumava me arrastar como uma enguia, sempre me afastando para dar lugar a generais, oficiais da guarda e hussardos, ou senhoras. Nesses momentos, costumava sentir uma pontada convulsiva no coração, e eu costumava sentir calor nas costas só de pensar na miséria de meus trajes, na miséria e na abjeção de minha pequena figura. Esse era um martírio regular, uma humilhação contínua e intolerável diante do pensamento, que se transformou em uma sensação incessante e direta, de que eu era uma mera mosca aos olhos de todo o mundo, uma mosca nojenta e repugnante — mais inteligente, mais desenvolvida, mais refinada em sentimentos do que qualquer um deles, é claro –, mas uma mosca que estava continuamente abrindo caminho para todos, insultada e ferida por todos. Não sei por que me submeti a essa tortura, por que fui caminhar na avenida Niévski. Eu simplesmente me sentia atraído para lá em todas as oportunidades possíveis.

Já naquela época, comecei a sentir uma onda de prazer da qual falei no primeiro capítulo. Depois de meu caso com o oficial, senti-me ainda mais atraído por lá do que antes: era na Niévski que eu o encontrava com mais frequência, lá eu podia admirá-lo. Ele também ia lá, principalmente nos feriados. Ele também desviava o caminho para generais e pessoas de alto escalão, e também se enroscava entre eles, como uma enguia, mas em relação às pessoas, como eu, ou mesmo mais bem-vestidas do que eu, ele simplesmente passava por cima, ia direto para elas como se não houvesse nada além de um espaço vazio diante dele, e nunca, em nenhuma circunstância, se desviava. Eu me regozijava com meu ressentimento ao vê-lo e... sempre abria caminho para ele com ressentimento. Ficava enfurecido com o fato de que, mesmo na rua, eu não conseguia estar em pé de igualdade com ele.

"Por que você precisa ser invariavelmente o primeiro a se afastar?", eu me perguntava com uma raiva histérica, acordando, às vezes, às três horas da manhã. "Por que é você, e não ele? Não há nenhuma regulamentação sobre isso tampouco alguma lei escrita. Que a passagem seja igual, como geralmente acontece quando pessoas refinadas se encontram. Que ele se mova na metade do caminho, e você na metade do caminho. Que vocês passem com respeito mútuo".

Mas isso nunca acontecia, e eu sempre me afastava, ao passo que ele sequer percebia que eu estava abrindo caminho para ele. E eis que me ocorreu uma ideia brilhante! Eu pensei: "se eu o encontrar e não me mover para um lado? E se eu não me afastar de propósito, mesmo que eu bata contra ele? Como seria isso?" Essa ideia audaciosa tomou conta de mim de tal forma que não me deu paz. Eu sonhava com isso continuamente, horrivelmente, e propositalmente ia com mais frequência caminhar pela avenida Niévski a fim de imaginar mais vividamente como eu deveria fazer isso quando o fizesse. Eu estava encantado. Essa intenção me parecia cada vez mais prática e possível.

"É claro que não vou realmente forçá-lo", pensei, já mais bem-humorado em minha alegria. "Simplesmente não vou me desviar, vou me chocar contra ele, não com muita violência, mas apenas dando de ombros um ao outro — tanto quanto a decência permitir. Eu o empurrarei tanto quanto ele me empurra". Por fim, tomei minha decisão completamente. Mas meus preparativos levaram muito tempo. Para começar, quando eu executasse meu plano, precisaria estar com uma aparência mais decente e, por isso, tive de pensar em meu traje. "Em caso de emergência, se, por exemplo, houvesse qualquer tipo de escândalo público (e o público de lá é o mais requisitado: a condessa caminha por lá; o príncipe D. caminha por lá; todo o mundo literário está lá), eu devo estar bem-vestido; isso inspira respeito e, por si só, nos coloca em pé de igualdade aos olhos da sociedade".

Com esse objetivo, pedi um adiantamento de parte de meu salário e comprei na Tchurkin's um par de luvas pretas e um chapéu decente. As luvas pretas me pareceram mais dignas e bonitas do que as luvas cor de limão que eu havia cogitado no início. "A cor é muito berrante, parece que a pessoa está tentando chamar a atenção", e não aceitei as luvas cor de limão. Eu havia preparado com bastante antecedência uma boa camisa, com tachas brancas de osso, e meu sobretudo era a única coisa que me impedia de usar. O casaco em si era muito bom, mantinha-me aquecido, mas era acolchoado e tinha uma gola de guaxinim que era o cúmulo da vulgaridade. Eu precisava trocar a gola a qualquer custo e ter uma de castor, como a de um oficial. Com esse objetivo, comecei a visitar o Gostiny Dvor[22] e, depois de várias tentativas, encontrei um pedaço de castor alemão barato. Embora esses castores alemães logo se tornem maltrapilhos e tenham uma aparência deplo-

22 O mais antigo shopping de São Petersburgo. Situado na avenida Niévski, foi erguido no século XVIII e ocupa uma das áreas mais movimentadas da cidade, abrigando mais de 150 lojas, entre várias marcas famosas.

rável, no início eles parecem muito bons, e eu só precisava deles para a ocasião. Perguntei o preço, mas era demasiadamente caro. Depois de pensar muito bem, decidi vender minha coleira de guaxinim. O restante do dinheiro — uma quantia considerável para mim — decidi pedir emprestado a Anton Antonitch Syetotchkin, meu superior imediato, uma pessoa despretensiosa, embora séria e criteriosa. Ele nunca emprestava dinheiro a ninguém, mas, ao entrar no serviço, eu havia sido especialmente recomendado a ele por um personagem importante que havia conseguido meu lugar. Eu estava terrivelmente preocupado. Pedir dinheiro emprestado a Anton Antonitch me pareceu monstruoso e vergonhoso. Não dormi por duas ou três noites. Na verdade, eu não dormia bem naquela época, estava com febre e sentia um vago aperto no coração, ou então um súbito latejar, latejar, latejar! Anton Antonitch ficou surpreso no início, depois franziu a testa, depois refletiu e, afinal, emprestou-me o dinheiro, recebendo de mim uma autorização por escrito para descontar de meu salário, quinze dias depois, a quantia que havia me emprestado.

Dessa forma, tudo estava finalmente pronto. O belo castor substituiu o guaxinim de aparência ruim, e comecei a trabalhar aos poucos. Não teria sido possível agir de improviso, ao acaso, uma vez que o plano tinha de ser executado com habilidade, aos poucos. Mas devo confessar que, depois de muitos esforços, comecei a me desesperar: simplesmente não podíamos nos encontrar. Fiz todos os preparativos, estava bastante determinado — parecia que deveríamos nos encontrar diretamente — e, antes que eu percebesse o que estava fazendo, eu havia me afastado para ele novamente e ele havia passado sem me notar. Ao me aproximar dele, cheguei a orar para que Deus me concedesse determinação. Certa vez, eu tinha me decidido completamente, mas acabei tropeçando e caindo a seus pés porque, no último instante, quando estava a 15 centímetros dele, minha coragem me falhou. Ele passou por cima de mim com muita calma, enquanto eu voava para um lado como uma bola. Naquela noite, fiquei doente novamente, febril e delirante.

E, de repente, tudo terminou de forma muito feliz. Na noite anterior, eu havia decidido não executar meu plano fatal e abandonar tudo, e com esse objetivo fui até a avenida Niévski pela última vez, só para ver como eu abandonaria tudo. De repente, a três passos do meu inimigo, eu inesperadamente me decidi — fechei os olhos e corremos a toda velocidade, ombro a ombro, um contra o outro! Não me movi nem um centímetro e passei por ele em pé de igualdade! Ele nem sequer olhou em volta e fingiu não perceber, mas ele estava apenas fingindo, estou convencido disso. Estou convencido disso até hoje! É claro que eu levei a pior — ele era mais forte, mas esse não era o ponto. A questão era que eu tinha alcançado meu objetivo, tinha mantido minha dignidade, não tinha cedido um passo e tinha me colocado publicamente em pé de igualdade social com ele. Voltei para casa sentindo que estava totalmente vingado de tudo. Fiquei muito feliz. Estava triunfante e cantava árias italianas. É claro que não vou descrever o que aconteceu comigo três dias depois, porque se você leu meu primeiro capítulo pode adivinhar por si mesmo. O oficial foi transferido em seguida, pois não o vejo há quatorze anos. O que o querido companheiro deve estar fazendo agora? Por cima de quem ele deve estar andando?

II

Mas o período de minha falta de concentração terminava e eu sempre me sentia muito mal depois. Isso era seguido de remorso — eu tentava afastar essa dispersão, mas me sentia muito mal. Aos poucos, porém, fui me acostumando com isso também. Eu me acostumei com tudo, ou melhor, voluntariamente me resignei a suportar. Mas eu tinha um meio de escapar que conciliava tudo — era encontrar refúgio no "sublime e no belo", nos sonhos, é claro. Eu era um sonhador terrível, sonhava por três meses a fio, escondido em meu canto, e pode acreditar que nesses momentos eu não tinha qualquer semelhança com o cavalheiro que, na perturbação de seu coração de galinha, colocava uma gola de castor alemão em seu paletó. Tornei-me repentinamente um herói. Eu não teria admitido meu tenente de 1,80 metros de altura mesmo que ele tivesse me chamado. Eu não conseguia sequer o imaginar diante de mim naquele momento. Quais eram meus sonhos e como eu poderia me satisfazer com eles — é difícil dizer agora, mas na época eu estava satisfeito com eles. Embora, de fato, mesmo agora, eu esteja até a certo ponto satisfeito com eles. Os sonhos eram particularmente doces e vívidos após um período de dissipação, vinham com remorso e lágrimas, com maldições e transportes. Houve momentos de intoxicação tão positiva, de tanta felicidade, que não havia o menor traço de ironia em mim, em minha honra. Eu tinha fé, esperança e amor. Nesses momentos, eu acreditava cegamente que, por algum milagre, por alguma circunstância externa, tudo isso se abriria de repente, se expandiria, ou seja, que de repente uma visão de atividade adequada — benéfica, boa e, acima de tudo, pronta (que tipo de atividade eu não fazia ideia, mas o mais importante era que ela estivesse pronta para mim) — surgiria diante de mim. Então, eu sairia à luz do dia, quase montado em um cavalo branco e coroado de louros. Eu não conseguia conceber para mim outra coisa que não fosse o primeiro lugar e, por essa mesma razão, eu me contentava em ocupar o último lugar na realidade. Ou ser um herói, ou rastejar na lama — não havia nada entre isso. Essa era a minha ruína, pois, quando estava na lama, eu me confortava com o pensamento de que, em outros momentos, eu era um herói, e o herói era uma capa para a lama, lembrando que para um ser humano comum era vergonhoso se sujar, mas para um herói era muito elevado se sujar completamente, e assim ele poderia se sujar. Vale a pena observar que esses ataques do "sublime e do belo" me visitaram mesmo durante o período de dissipação e exatamente nos momentos em que eu estava chegando ao fundo do poço. Eles vinham em surtos separados, como se estivessem me lembrando de si mesmos, mas não baniam a dissipação com seu aparecimento. Pelo contrário, pareciam acrescentar um sabor a ela por contraste, e estavam presentes apenas o suficiente para servir como um molho apetitoso. Esse molho era composto de contradições e sofrimentos, de uma agonizante análise interior, e todas essas dores e alfinetadas davam um certo sabor picante, até um significado à minha dissipação — na verdade, atendiam completamente ao propósito de um molho apetitoso. Havia uma certa profundidade de significado nisso. E eu dificilmente poderia ter me conformado com a devassidão simples, vulgar e direta de um escriturário e ter suportado toda a imundície disso. O que poderia ter me atraído naquela época e me levado à noite para a rua? Eu tinha uma maneira elevada de sair de tudo isso.

E que bondade amorosa, ó Senhor, que bondade amorosa eu sentia às vezes naqueles meus sonhos! Naqueles "voos para o sublime e o belo", embora fosse um amor fantástico, embora nunca fosse aplicado a nada humano na realidade, ainda assim havia tanto desse amor que não se sentia depois sequer o impulso de aplicá-lo na realidade, pois isso teria sido supérfluo. Tudo, no entanto, passava satisfatoriamente por uma transição preguiçosa e fascinante para a esfera da arte, ou seja, para as belas formas de vida, já prontas, em grande parte roubadas dos poetas e romancistas e adaptadas a todos os tipos de necessidades e usos. Eu, por exemplo, estava triunfante sobre todos. Todos, é claro, estavam em pó e cinzas, e foram forçados espontaneamente a reconhecer minha superioridade, e eu os perdoei a todos. Eu era um poeta e um grande cavalheiro, me apaixonei; ganhei incontáveis milhões e imediatamente os dediquei à humanidade, ao mesmo tempo que confessei diante de todas as pessoas meus atos vergonhosos, que, é claro, não eram apenas vergonhosos, mas também tinham muito de "sublime e belo", algo no estilo de *Manfred*[23]. Todos me beijariam e chorariam (que idiotas seriam se não o fizessem), enquanto eu sairia descalço e faminto pregando novas ideias e lutando em um Austerlitz[24] vitorioso contra os obscurantistas[25]. Em seguida, a banda tocaria uma marcha, uma anistia seria declarada, o papa concordaria em se retirar de Roma para o Brasil; depois, haveria um baile para toda a Itália na Villa Borghese, às margens do Lago de Como[26], sendo que o Lago de Como foi transferido para a vizinhança de Roma com esse propósito; então, viria uma cena nos arbustos, e assim por diante, e assim por diante — como se você não soubesse de tudo isso? O senhor dirá que é vulgar e desprezível trazer tudo isso a público depois de todas as lágrimas e emoções que eu mesmo confessei. Mas, por que isso é desprezível? Conseguem imaginar que estou envergonhado de tudo isso e que

23 *Manfred* é um poema dramático escrito em 1816-1817 pelo poeta romântico inglês Lord Byron (1788-1824), o qual contém elementos sobrenaturais, histórias de fantasmas na Inglaterra de sua época, uma espécie de ficção gótica.

24 A batalha de Austerlitz foi uma das maiores vitórias de Napoleão Bonaparte contra as monarquias que se opuseram à proclamação da República francesa, em 1792. Napoleão derrotou os exércitos austro-russos liderados pelo tzar Alexandre I da Rússia e pelo imperador romano-germânico Francisco II.

25 Os filósofos iluministas cunharam o termo "obscurantista" para se referirem a qualquer inimigo do esclarecimento intelectual e da difusão liberal do conhecimento.

26 Lago de origem glacial na Lombardia, Itália.

isso tudo foi a afirmação mais estúpida do que qualquer coisa em suas vidas, senhores? E posso lhes garantir que algumas dessas fantasias não foram de forma alguma mal compostas... Nem tudo aconteceu às margens do Lago de Como. Entretanto, você tem razão — é realmente vulgar e desprezível. E o mais desprezível de tudo é que agora estou tentando me justificar para você. E ainda mais desprezível do que isso é o fato de eu estar fazendo esse comentário agora. Mas isso é o suficiente, ou não haverá fim para isso, pois cada passo será mais desprezível do que o anterior...

Eu nunca conseguia ficar sonhando por mais de três meses seguidos sem sentir um desejo irresistível de mergulhar na sociedade. Entrar em contato com a sociedade significava visitar meu superior no escritório, Anton Antonitch Syetotchkin. Ele foi o único conhecido permanente que tive em minha vida, e agora eu mesmo me surpreendo com esse fato. Mas só fui visitá-lo quando essa fase me invadiu e quando meus sonhos atingiram tal ponto de felicidade que se tornou essencial abraçar imediatamente meus companheiros e toda a humanidade. Mas para isso eu precisava de pelo menos um ser humano realmente existente. No entanto, eu tinha que chamar Anton Antonitch na terça-feira — seu dia de ir folga. Portanto, eu sempre tinha que programar meu desejo apaixonado de abraçar a humanidade para que caísse em uma terça-feira.

Esse Antonitch morava no quarto andar de uma casa em *Five Corners*[27], em quatro cômodos baixos, um menor que o outro, com uma aparência particularmente frugal e pálida. Ele tinha

27 Cruzamento de ruas icônico em São Petersburgo, onde quatro esquinas se encontram. "Na verdade, é uma encruzilhada onde a Rua Rubinstein encontra a Avenida Zagorodny, a Rua Lomonosova e a Rua Razyezzhaya. O problema é que a intersecção tem uma pequena praça com cinco cantos dos edifícios à sua volta. Dois deles têm uma forma triangular — é por isso que podemos contar cinco cantos" (SELEZNEVA, Maria. Five Corners Square: um ponto icônico não oficial em São Petersburgo. Itinari, nov. 2009. Disponível em: https://www.itinari.com/pt/five-corners-square-an-unofficial-iconic-spot-in-saint-petersburg-tmts. Aceso em: 25 jul. 2023).

duas filhas e a tia delas, que costumava servir o chá. Das filhas, uma tinha treze anos de idade e a outra quatorze, ambas tinham nariz arrebitado, e eu tinha muita vergonha delas porque estavam sempre cochichando e rindo juntas. O dono da casa geralmente se sentava em seu escritório em um sofá de couro em frente à mesa com algum senhor de cabelos brancos, geralmente um colega de nosso escritório ou de algum outro departamento. Nunca vi mais de dois ou três visitantes lá, sempre os mesmos. Eles falavam sobre o imposto aplicado ao consumo, sobre negócios no Senado, sobre salários, sobre promoções, sobre Sua Excelência e a melhor maneira de agradá-lo, e assim por diante. Tive a paciência de ficar sentado como um tolo ao lado dessas pessoas por quatro horas seguidas, ouvindo-as sem saber o que dizer ou me aventurar a dizer uma palavra. Fiquei estupefato, várias vezes me senti transpirando, fui tomado por uma espécie de paralisia, mas isso foi agradável e bom para mim. Ao voltar para casa, adiei por algum tempo meu desejo de abraçar toda a humanidade.

No entanto, eu tinha uma espécie de outro conhecido, Simonov, que era um antigo colega de escola. Na verdade, eu tinha vários colegas de escola em São Petersburgo, mas não me associava a eles e até deixei de acenar para eles na rua. Acredito que fui transferido para o departamento em que estava simplesmente para evitar a companhia deles e cortar qualquer ligação com minha infância odiosa. Maldita seja aquela escola e todos aqueles anos terríveis de servidão penal! Resumindo, eu me afastei de meus colegas de escola assim que comecei a trabalhar no mundo. Restaram dois ou três para quem eu acenava na rua. Um deles era Simonov, que não havia se destacado de forma alguma na escola, tinha uma disposição tranquila e razoável, mas descobri nele uma certa independência de caráter e até mesmo honestidade. Em certa ocasião, passei alguns momentos bastante emocionantes com ele, mas não duraram muito e, de alguma forma, foram subitamente obscurecidos. Ele ficou evidentemente desconfortável com essas lembranças e, imagino, sempre teve medo de que eu retomasse o mesmo tom. Eu suspeitava que ele tinha aversão por mim, mas mesmo assim continuei indo vê-lo, sem ter certeza disso.

Assim, em uma ocasião, incapaz de suportar minha solidão e sabendo que, como era quinta-feira, a porta de Anton Antonitch estaria fechada, pensei em Simonov. Subindo até o quarto andar, pensei que ele não gostava de mim e que era um erro ir vê-lo. Mas, como sempre acontecia que tais reflexões me impeliam, como que propositalmente, a me colocar em uma posição falsa, eu entrei. Fazia quase um ano que eu havia visto Simonov pela última vez.

III

Encontrei dois de meus antigos colegas de escola com ele. Eles pareciam estar discutindo um assunto importante. Todos eles quase não notaram minha entrada, o que foi estranho, pois eu não os encontrava há anos. Evidentemente, eles me viam como algo no nível de uma mosca comum. Eu não havia sido tratado dessa forma nem mesmo na escola, embora todos me odiassem. Eu sabia, é claro, que eles deviam me desprezar agora por minha falta de sucesso no serviço e por eu ter me rebaixado tanto, andando mal vestido e assim por diante — o que lhes parecia um sinal de minha incapacidade e insignificância. Mas eu não esperava tamanho desprezo. Simonov ficou positivamente surpreso com meu aparecimento. Mesmo nos velhos tempos, ele sempre parecia surpreso com minha chegada. Tudo isso me deixou desconcertado. Então, sentei-me, sentindo-me bastante infeliz, e comecei a ouvir o que eles estavam dizendo.

Eles estavam envolvidos em uma conversa calorosa e séria sobre um jantar de despedida que queriam organizar para o dia seguinte para um camarada deles chamado Zverkov, um oficial do exército que estava indo para uma província distante. Esse Zverkov também esteve comigo o tempo todo na escola. Comecei a odiá-lo principalmente nas séries mais avançadas. Nas séries inferiores, ele era simplesmente um garoto bonito e brincalhão de quem todos gostavam. No entanto, eu o odiava, mesmo nas séries inferiores, só porque ele era um garoto bonito e brincalhão. Ele sempre foi ruim nas lições e ficava cada vez pior à medida que avançava; no entanto, ele saiu com um bom certificado, pois tinha interesses poderosos. Durante seu último ano na escola, ele se mudou para uma propriedade que mantinha duzentos servos e, como quase todos nós éramos pobres, ele adotou um tom arrogante entre nós. Ele era extremamente vulgar, mas ao mesmo tempo era um sujeito de boa índole, mesmo em sua arrogância. A despeito das noções superficiais, fantásticas e falsas de honra e dignidade, todos nós, com exceção de pouquíssimos, nos rebaixávamos positivamente diante de Zverkov, e mais ainda quanto mais ele se gabava. E não era por qualquer motivo de interesse que eles se rebaixavam, mas simplesmente porque ele havia sido favorecido pelos dons da natureza. Além disso, era, por assim dizer, uma ideia aceita entre nós que Zverkov era um especialista em relação ao tato e às graças sociais. Esse último fato me enfurecia particularmente. Eu odiava o tom abrupto e autoconfiante de sua voz, sua admiração pelas próprias piadas, que muitas vezes eram assustadoramente estúpidas, embora ele fosse ousado em sua linguagem; eu odiava seu rosto bonito, mas estúpido (pelo qual eu teria, no entanto, trocado de bom grado meu rosto inteligente) e os modos militares livres e fáceis que estavam na moda nos "anos quarenta". Eu odiava a maneira como ele costumava falar de suas futuras conquistas de mulheres (ele não se aventurou a começar seu ataque às mulheres até que tivesse as dragonas de um oficial e estivesse ansioso por elas com impaciência) e se gabava dos duelos que travaria constantemente. Lembro-me de como eu, invariavelmente tão taciturno, de repente me fixei em Zverkov, quando um dia, conversando em um momento de lazer com seus colegas de escola sobre suas futuras relações com o belo sexo, e ficando tão esportivo quanto um filhote de cachorro ao Sol, ele imediatamente declarou que não deixaria uma única moça da aldeia em sua propriedade sem ser notada, que esse era seu direito de senhor, e que se os camponeses ousassem protestar, ele mandaria açoitá-los e dobraria o imposto sobre eles, os patifes barbudos. Nossa ralé servil aplaudiu, mas eu o ataquei, não por compaixão pelas meninas e seus pais, mas simplesmente porque eles estavam aplaudindo um inseto desses. Naquela ocasião, levei a melhor sobre ele, mas, embora Zverkov fosse estúpido, ele era animado e insolente e, por isso, riu da situação, de tal forma que minha vitória não foi realmente completa, uma vez que a risada ficou do lado dele. Depois disso, ele levou a melhor sobre mim em várias ocasiões, mas sem malícia, em tom de brincadeira, casualmente. Eu permanecia em silêncio, com raiva e desprezo, e não lhe respondia. Quando saímos da escola, ele se aproximou de mim, mas eu não rejeitei porque me senti lisonjeado; entretanto, logo nos separamos, e de forma bastante natural. Posteriormente, ouvi falar de seu sucesso como tenente e da vida agitada que levava. Em seguida, surgiram outros rumores — de seu sucesso no serviço militar. Nessa época, ele começou a me cumprimentar na rua, e eu suspeitava que ele tinha medo de se comprometer ao cumprimentar uma pessoa tão insignificante quanto eu. Eu o vi uma vez no teatro, no terceiro nível de camarotes. Naquele momento, ele estava usando alças de ombro. Ele estava se contorcendo e girando, fazendo amizade com as filhas de um antigo general. Em três anos, ele havia decaído consideravelmente, embora ainda fosse bastante bonito e habilidoso. Era possível ver que, aos trinta anos, ele estaria corpulento. Portanto, era para esse Zverkov que meus colegas de escola iriam oferecer um jantar quando ele partisse. Eles o acompanharam durante esses três anos, embora, em particular, não se considerassem em pé de igualdade com ele, estou convencido disso.

Entre os dois visitantes de Simonov, um era Ferfitchkin, um alemão russificado — um pequeno sujeito com cara de macaco, um idiota que estava sempre zombando de todos, um inimigo muito amargo meu desde nossos dias nas classes inferiores — um sujeito vulgar, insolente e arrogante, que demonstrava um grande sentimento de honra pessoal, embora, é claro, fosse um covarde miserável no fundo. Ele era um daqueles adoradores de Zverkov que faziam as pazes com ele por motivos pessoais e muitas vezes lhe pediam dinheiro emprestado. O outro visitante de Simonov,

Trudolyubov, era uma pessoa nada notável — um jovem alto, do exército, com um rosto frio, bastante honesto, embora adorasse o sucesso de todos os tipos e só conseguisse pensar em promoção. Ele era uma espécie de parente distante de Zverkov, e isso, por mais tolo que pareça, dava a ele certa importância entre nós. Ele sempre me considerou sem importância. Seu comportamento comigo, embora não fosse muito cortês, era tolerável.

"Bem, com sete rublos cada", disse Trudolyubov, "vinte e um rublos entre nós três, devemos conseguir um bom jantar. Zverkov, é claro, não vai pagar".

"Claro que não, já que o estamos convidando", decidiu Simonov.

"Você consegue imaginar", interrompeu Ferfitchkin de modo exaltado e presunçoso, como um insolente lacaio que se vangloria das condecorações de seu mestre, o general, "você consegue imaginar que Zverkov nos deixará pagar sozinhos? Ele aceitará por delicadeza, mas pedirá meia dúzia de garrafas de champanhe".

"Queremos meia dúzia para nós quatro?", observou Trudolyubov, prestando atenção apenas na meia dúzia.

"Então, nós três, com Zverkov como quarto, vinte e um rublos, no Hotel de Paris, às cinco horas de amanhã", concluiu Simonov, que havia sido encarregado de fazer os preparativos.

"Como vinte e um rublos?", perguntei com certa agitação, demonstrando estar ofendido; "se você contar comigo, não serão vinte e um, mas sim vinte e oito rublos".

Pareceu-me que me convidar de forma tão repentina e inesperada seria positivamente gracioso, e que todos eles seriam conquistados de imediato e me olhariam com respeito.

"Você também quer participar?", Simonov observou, sem aparentar prazer, parecendo evitar olhar para mim. Ele me conhecia completamente.

Fiquei furioso com o fato de ele me conhecer tão bem.

"Por que não? Eu também sou um antigo colega de escola dele, creio eu, e devo admitir que me sinto magoado por você ter me deixado de fora", eu disse, fervendo novamente.

"E onde poderíamos encontrá-lo?", disse Ferfitchkin com aspereza.

"Você nunca se deu bem com Zverkov", acrescentou Trudolyubov, franzindo a testa.

Mas eu já havia me agarrado à ideia e não queria desistir dela.

"Parece-me que ninguém tem o direito de formar uma opinião sobre isso", respondi com a voz trêmula, como se algo tremendo tivesse acontecido. "Talvez esse seja o motivo de eu desejar isso agora, pois nem sempre tive boas relações com ele."

"Ah, não há como fazer com que você saia... com esses refinamentos", ironizou Trudolyubov.

"Vamos registrar seu nome", decidiu Simonov, dirigindo-se a mim. "Amanhã, às cinco horas, no Hotel de Paris."

"E quanto ao dinheiro?" Ferfitchkin começou em um tom baixo, indicando-me a Simonov, mas interrompeu, porque até Simonov estava constrangido.

"Isso serve", disse Trudolyubov, levantando-se. "Se ele quer tanto vir, deixe-o vir."

"Mas é uma coisa particular, entre nós, amigos", disse Ferfitchkin, irritado, enquanto também pegava seu chapéu. "Não é uma reunião oficial."

"Nós não queremos nada, talvez..."

Eles foram embora. Ferfitchkin não me cumprimentou de forma alguma ao sair, Trudolyubov apenas acenou com a cabeça. Simonov, com quem fiquei *tête-à-tête*[28], estava em um estado de irritação e perplexidade, e me olhou de forma estranha. Ele não se sentou e não me pediu para sentar.

"Hum... sim... amanhã, então. Você vai pagar sua assinatura agora? Só estou perguntando para saber", murmurou ele, constrangido.

Corei de vermelho e, ao fazê-lo, lembrei-me de que devia quinze rublos a Simonov há muito tempo — o que, de fato, nunca esqueci, embora não tivesse pago.

"Você deve entender, Simonov, que eu não fazia ideia quando vim para cá... Estou muito irritado por ter me esquecido..."

"Tudo bem, tudo bem, isso não importa. Você pode pagar amanhã, após o jantar. Eu só queria saber... Por favor, não..."

Ele se interrompeu e começou a andar pela sala ainda mais irritado. Enquanto caminhava, começou a pisar com os calcanhares.

"Estou atrapalhando você?" perguntei, depois de dois minutos de silêncio.

"Ah!", disse ele, começando, "para ser sincero, sim. Tenho de ir ver uma pessoa... não muito longe daqui", acrescentou em tom apologético, um tanto envergonhado.

"Meu Deus, por que você não disse isso?", exclamei, pegando meu boné, com um ar surpreendentemente livre e tranquilo, que era a última coisa que eu esperava de mim mesmo.

---

28 Expressão francesa cujo significado é ficar frente a frente com outra pessoa para ter uma conversa íntima.

"É perto... não está a dois passos daqui". Simonov repetiu, acompanhando-me até a porta da frente com um ar de exigência que não combinava nem um pouco com ele. "Então, às cinco horas, pontualmente, amanhã", ele me chamou, descendo as escadas. Ele estava muito feliz por ter se livrado de mim. Eu estava furioso.

"O que me possuiu, o que me possuiu para me impor a eles?", eu me perguntava, rangendo os dentes enquanto caminhava pela rua, "por um canalha, um porco como aquele Zverkov! É claro que é melhor eu não ir; é claro que devo simplesmente estalar meus dedos para eles. Não sou obrigado de forma alguma. Mandarei um bilhete para Simonov no correio de amanhã..."

Mas o que me deixou furioso foi o fato de que eu sabia com certeza que deveria ir, que deveria fazer questão de ir; e quanto mais sem tato, quanto mais indecorosa fosse minha ida, mais certamente eu iria.

E havia um obstáculo positivo para minha ida: eu não tinha dinheiro. Tudo o que eu tinha eram nove rublos, dos quais eu tinha que dar sete ao meu criado, Apollon, como salário mensal. Isso era tudo o que eu lhe pagava — ele tinha de se manter.

Não lhe pagar era impossível, considerando seu caráter. Mas falarei sobre esse sujeito, sobre essa minha praga, em outra ocasião.

No entanto, eu sabia que deveria ir embora e não deveria lhe pagar o salário.

Naquela noite, tive os sonhos mais horríveis. Não é de se admirar, pois, durante toda a noite, fui oprimido por lembranças de meus dias miseráveis na escola, e não conseguia me livrar delas. Fui mandado para a escola por parentes distantes, de quem eu dependia e de quem nunca mais ouvi falar — eles me mandaram para lá como um garoto desamparado e silencioso, já esmagado por suas reprovações, já perturbado pela dúvida e olhando com desconfiança selvagem para todos. Meus colegas de escola me enfrentaram com piadas maldosas e impiedosas porque eu não era como eles. Mas eu não podia suportar suas provocações, tampouco podia ceder a eles com a prontidão ignóbil que cediam uns aos outros. Eu os odiei desde o início e me afastei de todos com um orgulho tímido, ferido e desproporcional. A grosseria deles me revoltava. Eles riam cinicamente de meu rosto, de minha figura desajeitada. No entanto, que rostos estúpidos eles próprios tinham. Em nossa escola, os rostos dos meninos pareciam degenerar e se tornar mais estúpidos de uma maneira especial. Quantos meninos bonitos vieram para nós! Em poucos anos, eles se tornaram repulsivos. Mesmo aos dezesseis anos, eu os observava com tristeza. Já naquela época eu ficava impressionado com a mesquinhez de seus pensamentos, a estupidez de suas atividades, seus jogos, suas conversas. Eles não tinham compreensão de coisas tão essenciais, não se interessavam por assuntos tão marcantes e impressionantes, que eu não podia deixar de considerá-los inferiores a mim. Não foi a vaidade ferida que me levou a isso e, pelo amor de Deus, não me venha com suas observações banais, repetidas até a náusea, de que "eu era apenas um sonhador", ao passo que eles, mesmo naquela época, tinham uma compreensão da vida. Eles não entendiam nada, não tinham ideia da vida real, e juro que foi isso que me deixou mais indignado com eles. Pelo contrário, a realidade mais óbvia e marcante era aceita por eles com uma estupidez fantástica e, mesmo naquela época, estavam acostumados a respeitar o sucesso. Tudo o que era justo, mas oprimido e menosprezado, eles riam de forma desumana e vergonhosa. Eles tomavam a posição pela inteligência. Apesar de terem apenas dezesseis anos, já falavam de um lugar confortável. É claro que grande parte disso ocorria em função de sua estupidez, por causa dos maus exemplos com os quais sempre estiveram cercados em sua infância e juventude. Eles eram monstruosamente depravados. É claro que grande parte disso também era superficial e uma suposição de cinismo, certamente havia vislumbres de juventude e frescor até em sua depravação. Mas mesmo esse frescor não era atraente e se mostrava em uma certa crueldade. Eu os odiava terrivelmente, embora talvez eu fosse pior do que qualquer um deles. Eles me retribuíram da mesma forma e não esconderam sua aversão por mim. Mas, a essa altura, eu não desejava a afeição deles. Pelo contrário, ansiava continuamente por sua humilhação. Para escapar da zombaria deles, comecei a fazer todo o progresso possível em meus estudos e forcei meu caminho até o topo. Isso os impressionou. Além disso, todos eles começaram a perceber que eu já havia lido livros que nenhum deles sabia ler e que entendia coisas (que não faziam parte do currículo escolar) das quais eles sequer tinham ouvido falar. Eles tinham uma visão selvagem e sarcástica disso, mas ficaram moralmente impressionados, especialmente porque os professores começaram a me notar por esse motivo. A zombaria cessou, mas a hostilidade permaneceu, e as relações frias e tensas se tornaram permanentes entre nós. No final, não consegui suportar isso. Então, com o passar dos anos, desenvolvi em mim um desejo por sociedade, por amigos. Tentei fazer amizade com alguns de meus colegas de escola, mas, de uma forma ou de outra, minha intimidade com eles era sempre tensa e logo acabava por si mesma. Uma vez, de fato, tive um amigo. Mas eu já era um tirano de coração. Eu queria exercer um domínio ilimitado sobre ele, isto é, tentei incutir nele um desprezo pelo que o cercava, exigi dele uma ruptura completa e desdenhosa com esse ambiente. Eu o assustei com minha afeição apaixonada, levando-o às lágrimas, à histeria. Ele era uma alma simples e devotada, mas quando se dedicou inteiramente a mim, comecei a odiá-lo imediatamente e a repeli-lo — como se tudo o que eu precisasse dele fosse obter uma vitória sobre ele, subjugá-lo e nada mais. Mas eu não podia subjugar todos eles, porque meu amigo também não era nada parecido com eles, ele era, de fato, uma rara exceção. A primeira coisa que fiz ao sair da escola foi abandonar o trabalho especial para o qual eu havia sido destinado, a fim de romper todos os laços, amaldiçoar meu passado e sacudir a poeira de meus pés... E só Deus sabe por que, depois de tudo isso, eu deveria ir caminhando até a casa de Simonov!

Na manhã seguinte, bem cedo, acordei e pulei da cama com entusiasmo, como se tudo estivesse prestes a acontecer de uma vez. Mas eu acreditava que alguma mudança radical em minha vida estava por vir e, inevitavelmente, aconteceria naquele dia. Por causa de sua raridade, talvez, qualquer evento externo, por mais trivial que fosse, sempre me fazia sentir como se alguma mudança radical em minha vida estivesse próxima. Fui para o escritório. No entanto, como de costume, saí de casa duas horas antes para me preparar. A melhor coisa, pensei, é não ser o primeiro a chegar, ou eles acharão que estou muito feliz por estar chegando. Mas havia milhares de pontos importantes a serem considerados, e todos eles me deixavam agitado e sobrecarregado. Lustrei minhas botas pela segunda vez com minhas próprias mãos. Nada no mundo teria induzido Apolônio a limpá-las duas vezes por dia, pois ele considerava que isso era mais do que suas obrigações exigiam dele. Roubei as escovas para limpá-las na passagem, tomando cuidado para que ele não percebesse, por medo de seu desprezo. Em seguida, examinei minuciosamente minhas roupas e achei que tudo parecia velho, desgastado e esfarrapado. Eu tinha me deixado desleixar demais. Meu uniforme, talvez, estivesse arrumado, mas eu não podia sair para jantar com meu uniforme. O pior de tudo era que no joelho da minha calça havia uma grande mancha amarela. Eu tinha o pressentimento de que aquela mancha me privaria de nove décimos de minha dignidade pessoal. Eu sabia, também, que era muito ruim pensar assim. "Mas não é hora de pensar. Agora é a hora da verdade", pensei, e meu coração se afundou. Eu também sabia, perfeitamente bem, que estava exagerando monstruosamente os fatos. Mas como eu poderia evitar isso? Eu não conseguia me controlar e já estava tremendo de febre. Com desespero, imaginei para mim mesmo a frieza e o desdém com que aquele "canalha" Zverkov me receberia, o desprezo invencível e estúpido com o qual Trudolyubov me olharia, com que grosseria impudente o inseto Ferfitchkin zombaria de mim para obter o favor de Zverkov, de como Simonov absorveria tudo e me desprezaria pela abjeção de minha vaidade e falta de espírito — e, o pior de tudo, como tudo isso seria insignificante, não literário e comum. É claro que a melhor coisa seria não ir. Mas isso era o mais impossível de tudo, porque quando me sinto impelido a fazer algo, parece que sou forçado a fazê-lo. Eu deveria ter zombado de mim mesmo depois disso: "Então você se divertiu, você se divertiu, você se divertiu de verdade!" Pelo contrário, eu desejava ardentemente mostrar a toda aquela "ralé" que eu não era, de forma alguma, uma criatura tão sem espírito quanto parecia para mim mesmo. Além disso, mesmo no paroxismo mais agudo dessa febre covarde, eu sonhava em levar a melhor, dominá-los, levá-los embora, fazer que gostassem de mim — mesmo que fosse apenas pela minha "elevação de pensamento e inteligência inconfundível". Eles abandonariam Zverkov, ele se sentaria de um lado, silencioso e envergonhado, enquanto eu o esmagaria. Então, talvez, nós nos reconciliaríamos e brindaríamos à nossa amizade eterna. Contudo, o que foi mais amargo e humilhante para mim foi o fato de que, mesmo naquele momento, eu sabia, sabia plenamente e com certeza, que não precisava realmente de nada disso, que não queria realmente esmagar, subjugar, atraí-los e que não me importava nem um pouco com o resultado, mesmo que o conseguisse. Oh, como eu rezava para que o dia passasse rápido! Em uma angústia indescritível, fui até a janela, abri a vidraça móvel e olhei para fora, para a escuridão conturbada da neve úmida que caía densamente. Finalmente, meu miserável relógio deu cinco horas. Peguei meu chapéu e, tentando não olhar para Apollon, que passara o dia todo esperando o salário do mês, mas que, em sua tolice, não queria ser o primeiro a falar sobre o assunto, passei entre ele e a porta e, pulando em um trenó de alta classe, no qual gastei meu último meio rublo, dirigi em grande estilo até o Hotel de Paris.

IV

No dia anterior, eu tinha certeza de que seria o primeiro a chegar. Mas não se tratava de ser o primeiro a chegar. Não apenas eles não estavam lá, mas também tive dificuldade para encontrar nosso quarto. A mesa não estava arrumada. O que isso significava? Depois de muitas perguntas, obtive dos garçons a informação de que o jantar havia sido pedido não para as cinco, mas para as seis horas. Isso também foi confirmado no bufê. Senti-me realmente envergonhado por continuar a questioná-los. Passavam apenas vinte e cinco minutos das cinco. Se eles mudaram o horário do jantar, pelo menos deveriam ter me avisado — é para isso que serve o Correio, e não me colocar em uma posição absurda aos meus olhos, e até diante dos garçons. Eu me sentei, então o criado começou a pôr a mesa, e eu me sentia ainda mais humilhado quando ele estava presente. Por volta das seis horas, trouxeram velas, embora houvesse lâmpadas acesas na sala. No entanto, não havia ocorrido ao garçom trazê-las imediatamente quando cheguei. Na sala ao lado, duas pessoas sombrias e de aparência irritada estavam jantando em silêncio em duas mesas diferentes. Havia muito barulho, até gritos em uma sala mais afastada, podia-se ouvir o riso de uma multidão de pessoas e pequenos gritos desagradáveis em francês, havia senhoras no jantar. Era, de fato, repugnante. Raramente passei por momentos mais desagradáveis, tanto que, quando eles chegaram pontualmente às seis horas, fiquei muito feliz em vê-los, como se fossem meus libertadores, e até me esqueci de que deveria demonstrar ressentimento.

Zverkov entrou à frente deles. Evidentemente, ele era o espírito líder. Ele e todos eles estavam rindo, mas, ao me ver, Zverkov se levantou um pouco e se aproximou de mim deliberadamente, com uma ligeira e alegre curva na cintura. Ele me deu um aperto de mão amigável, mas não excessivamente amigável, com uma espécie de cortesia circunspecta como a de um general, como se ao me dar a mão ele estivesse se precavendo de algo. Pelo contrário, eu imaginava que ao entrar ele logo soltaria sua habitual risada fina e estridente e começaria a fazer suas piadas e gracejos insípidos. Eu estava me preparando para elas desde o dia anterior, mas não esperava tamanha condescendência, tamanha cortesia oficial. Então, ele se sentia inefavelmente superior a mim em todos os aspectos! Se ele pretendia apenas me insultar com aquele tom de alta oficialidade, não importava, pensei — eu poderia retribuir de uma forma ou de outra. Mas e se, na realidade, sem o menor desejo de ser ofensivo, aquele cabeça de ovelha tivesse uma noção séria de que era superior a mim e só conseguisse me olhar de forma condescendente? A própria suposição me fez ofegar.

"Fiquei surpreso ao saber do seu desejo de se juntar a nós", ele começou, balbuciando e falando baixo, o que era algo novo. "Parece que nós dois nunca nos vimos. Você luta com timidez contra nós. Não deveria. Não somos pessoas tão terríveis quanto você pensa. Bem, de qualquer forma, estou feliz por nos conhecermos novamente."

E ele se virou descuidadamente para colocar seu chapéu na janela.

"Você está esperando há muito tempo?", perguntou Trudolyubov.

"Cheguei às cinco horas, como você me disse ontem", respondi em voz alta, com uma irritabilidade que ameaçava uma explosão.

"Você não o avisou que havíamos mudado a hora?", disse Trudolyubov a Simonov.

“Não, não avisei. Eu me esqueci”, respondeu Simonov, sem nenhum sinal de arrependimento, e sem sequer pedir desculpas a mim, ele saiu para pedir as entradas.

“Então você está aqui há uma hora inteira? Oh, coitado!”, Zverkov gritou ironicamente, pois, para ele, isso deveria ser extremamente engraçado. Aquele patife do Ferfitchkin seguiu com seu risinho desagradável como o latido de um cachorrinho. Minha posição também lhe pareceu extremamente ridícula e embaraçosa.

“Não é nada engraçado!”, gritei para Ferfitchkin, cada vez mais irritado. “A culpa não foi minha, mas de outras pessoas. Eles não me avisaram. Foi... foi... foi simplesmente absurdo.”

“Não é apenas absurdo, mas algo mais também”, murmurou Trudolyubov, ingenuamente tomando a minha parte. “Você não é suficientemente duro com ele. Foi simplesmente uma grosseria — não intencional, é claro. E como Simonov poderia... h'm!”

“Se um truque como esse tivesse sido pregado em mim”, observou Ferfitchkin, “eu deveria...”

“Mas você deveria ter pedido algo para si mesmo”, interrompeu Zverkov, “ou simplesmente pedido o jantar sem esperar por nós.”

“O senhor admite que eu poderia ter feito isso sem a sua permissão”, eu disse. “Se eu esperasse, seria...”

“Vamos nos sentar, senhores”, gritou Simonov, entrando. “Está tudo pronto; posso me encarregar do champanhe; está muito bem gelado... Veja bem, eu não sabia seu endereço, onde eu poderia procurá-lo?” Ele se virou para mim de repente, mas novamente parecia evitar olhar para mim. Evidentemente, ele tinha algo contra mim. Deve ter sido por causa do que aconteceu ontem.

Todos se sentaram e eu fiz o mesmo. Era uma mesa redonda. Trudolyubov estava à minha esquerda, Simonov à minha direita, Zverkov estava sentado em frente, Ferfitchkin ao lado dele, entre ele e Trudolyubov.

"Diga-me, você está... em um escritório do governo?", Zverkov continuou a me atender. Ao ver que eu estava envergonhado, ele pensou seriamente que deveria ser amigável comigo e, por assim dizer, me animar.

"Será que ele quer que eu jogue uma garrafa em sua cabeça?", pensei, furioso. Em meu novo ambiente, eu estava estranhamente pronto para me irritar.

"No escritório do N...", respondi bruscamente, com os olhos em meu prato.

"E você tem um bom lugar para dormir? O que o fez deixar seu emprego original?"

"O que me fez deixar o meu emprego original foi que eu queria deixar o meu emprego original", falei mais do que ele, mal conseguindo me controlar. Ferfitchkin caiu em uma gargalhada. Simonov olhou para mim com ironia. Trudolyubov parou de comer e começou a me olhar com curiosidade.

Zverkov estremeceu, mas tentou não perceber.

"E a remuneração?"

"Que remuneração?"

"Quero dizer, seu salário?"

"Por que está me interrogando?" No entanto, eu lhe disse imediatamente qual era o meu salário. Fiquei horrivelmente vermelho.

"Não é muito bonito", observou Zverkov majestosamente.

"Sim, você não pode se dar ao luxo de jantar em cafés com isso", acrescentou Ferfitchkin com insolência.

"Para mim, é muito pobre", Trudolyubov observou gravemente.

"E como você está magro! Como você mudou!", acrescentou Zverkov, com um tom de veneno em sua voz, examinando a mim e ao meu traje com uma espécie de compaixão insolente.

"Oh, poupe o rubor dele", gritou Ferfitchkin, rindo.

"Meu caro senhor, permita-me dizer-lhe que não estou corando", disse eu por fim; "está ouvindo? Estou jantando aqui, neste café, à custa própria, não à custa de outras pessoas — observe isso, Sr. Ferfitchkin."

"O quê? Não está todo mundo aqui jantando à própria custa? Parece que você está..." — Ferfitchkin voou para cima de mim, ficando tão vermelho quanto uma lagosta e me olhando com fúria.

"Isso", respondi, sentindo que tinha ido longe demais, "e imagino que seria melhor falar de algo mais inteligente".

"Você pretende mostrar sua inteligência, suponho?"

"Não se perturbe, isso não seria apropriado aqui."

"Por que está falando assim, meu bom senhor, hein? Você perdeu o juízo em seu escritório?"

"Chega, senhores, chega!", gritou Zverkov, com autoridade.

"Como isso é estúpido!", murmurou Simonov.

"É realmente estúpido. Nós nos reunimos aqui, uma companhia de amigos, para um jantar de despedida de um camarada e você começa uma discussão", disse Trudolyubov, dirigindo-se rudemente a mim. "Você se convidou para se juntar a nós, então não perturbe a harmonia geral."

“Chega, chega!”, gritou Zverkov. “Desistam, senhores, isso está fora de lugar. É melhor eu lhes contar como quase me casei anteontem...”

E então se seguiu uma narrativa burlesca de como esse senhor quase se casou dois dias antes. Não houve uma palavra sobre o casamento, mas a história foi adornada com generais, coronéis e marinheiros, ao passo que Zverkov quase assumiu a liderança entre eles. A história foi recebida com risadas de aprovação. Ferfitchkin gritou positivamente.

“Ninguém prestou atenção em mim, e eu me sentei esmagado e humilhado.”

“Deus do céu, essas não são as pessoas certas para mim!”, pensei. “E que tolo eu me tornei diante deles! Mas deixei Ferfitchkin ir longe demais. Os brutos acham que estão me honrando ao me deixarem sentar com eles. Eles não entendem que isso é uma honra para eles e não para mim! Estou cada vez mais magro! Minhas roupas! Oh, maldita seja minha calça! Zverkov notou a mancha amarela no joelho assim que entrou... Mas para que serve isso! Devo me levantar imediatamente, neste exato minuto, pegar meu chapéu e simplesmente ir embora sem dizer uma palavra... com desprezo! E amanhã posso enviar um desafio. Os canalhas! Como se eu me importasse com os sete rublos. Eles podem pensar... Que droga! Não me importo com os sete rublos. Vou embora agora mesmo!”

É claro que fiquei. Em meu desconforto, bebi xerez e Lafitte aos montes. Como não estava acostumado a isso, fui rapidamente afetado. Minha irritação aumentava à medida que o vinho me subia à cabeça. Desejei insultá-los de uma só vez da maneira mais flagrante e, depois, ir embora. Aproveitar o momento e mostrar o que eu sabia fazer, para que dissessem: “Ele é inteligente, embora seja absurdo”, e... e... de fato, que se danem todos!

Eu os examinei insolentemente com meus olhos sonolentos. Mas eles pareciam ter se esquecido completamente de mim. Eles eram barulhentos, vociferantes, alegres. Zverkov estava falando o tempo todo. Comecei a ouvir. Zverkov falava de uma senhora exuberante que ele havia finalmente levado a declarar seu amor (é claro que ele estava mentindo) e de como ele havia sido ajudado nesse caso por um amigo íntimo, o príncipe Kolya, oficial dos hussardos[29], que tinha três mil servos.

"No entanto, esse Kolya, que tem três mil servos, não apareceu aqui esta noite para se despedir de vocês", interrompi de repente.

Por um minuto, todos ficaram em silêncio. "Vocês já estão bêbados". Trudolyubov finalmente se dignou a me notar, olhando com desprezo em minha direção. Zverkov, sem dizer uma palavra, me examinou como se eu fosse um inseto. Baixei os olhos. Simonov se apressou em encher as taças de champanhe.

Trudolyubov levantou sua taça, assim como todos os outros, menos eu.

"Sua saúde e boa sorte na viagem!", gritou ele para Zverkov. "Aos velhos tempos, ao nosso futuro, viva!"

Todos jogaram fora seus copos e se aglomeraram ao redor de Zverkov para beijá-lo. Eu não me movi. Meu copo cheio permaneceu intocado diante de mim.

29 Hussardo é a denominação de um soldado. "Os primeiros regimentos de hussardos russos surgiram durante os tempos de Pedro, o Grande, e não duraram muito tempo. O desenvolvimento genuíno dos hussardos no exército russo ocorreu na segunda metade do século XVIII. Então, o exército cossaco ucraniano tinha sido reformado por Catarina, a Grande, transformando-se em cinco novos regimentos de hussardos, assim como um regimento de hussardos da guarda real. Eles eram, em grande parte, cossacos, usavam seu sistema de comando e tomavam por inspiração suas arrojadas tradições" (MANÁEV, Gueórgui. Hussardos, a tropa mais tresloucada da Rússia Imperial. **Russia Beyond**, 1º abr. 2019. Disponível em: https://br.rbth.com/historia/80252-hussardos-a-tropa-mais-tresloucada. Acesso em: 3 ago. 2023).

"Ora, você não vai beber?", rugiu Trudolyubov, perdendo a paciência e virando-se ameaçadoramente para mim.

"Quero fazer um discurso separadamente, por minha conta... e então beberei, Sr. Trudolyubov".

"Bruto malvado!", murmurou Simonov.

Eu me ajeitei em minha cadeira e peguei meu copo febrilmente, preparado para algo extraordinário, embora eu mesmo não soubesse exatamente o que iria dizer.

"Silêncio!", gritou Ferfitchkin. "Agora, uma demonstração de inteligência!"

Zverkov esperou muito seriamente, sabendo o que estava por vir.

"Sr. Tenente Zverkov", comecei, "deixe-me dizer-lhe que odeio frases feitas, vendedores de frases feitas e homens de espartilho... esse é o primeiro ponto, e há um segundo que o seguirá".

Houve uma agitação geral.

"O segundo ponto é: odeio palavrões e faladores de palavrões. Especialmente os que falam palavrões! O terceiro ponto: eu amo a justiça, a verdade e a honestidade." Continuei quase mecanicamente, pois eu mesmo estava começando a tremer de horror e não tinha ideia de como estava falando daquela maneira. "Amo o pensamento, senhor Zverkov; amo a verdadeira camaradagem, em pé de igualdade e não... Eu... Eu amo... No entanto, por que não? Eu também beberei à sua saúde, Sr. Zverkov. Seduza as moças circassianas, atire nos inimigos da pátria e... e... à sua saúde, senhor Zverkov!"

Zverkov se levantou de seu assento, curvou-se para mim e disse:

"Estou muito agradecido a você". Ele ficou assustadoramente ofendido e empalideceu.

"Maldito seja o sujeito!", rugiu Trudolyubov, batendo com o punho na mesa.

"Bem, ele quer um soco na cara por isso", gritou Ferfitchkin.

"Deveríamos expulsá-lo", murmurou Simonov.

"Nem uma palavra, senhores, nem um movimento!", gritou Zverkov solenemente, controlando a indignação geral. "Agradeço a todos, mas posso mostrar a ele por mim mesmo o valor que dou às suas palavras."

"Sr. Ferfitchkin, amanhã o senhor me dará satisfação por suas palavras de agora!" eu disse em voz alta, virando-me com dignidade para Ferfitchkin.

"Um duelo, você quer dizer? Com certeza", ele respondeu. Mas, provavelmente, eu fui tão ridículo ao desafiá-lo e isso foi tão incompatível com minha aparência que todos, inclusive Ferfitchkin, caíram na gargalhada.

"Sim, deixe-o em paz, é claro! Ele está bastante bêbado", disse Trudolyubov com desgosto.

"Nunca vou me perdoar por tê-lo deixado se juntar a nós", murmurou Simonov novamente.

"Agora é a hora de jogar uma garrafa na cabeça deles", pensei comigo mesmo. Peguei a garrafa... e enchi meu copo... "Não, é melhor eu ficar sentado até o fim", continuei pensando; "vocês ficariam satisfeitos, meus amigos, se eu fosse embora. Nada me induzirá a ir embora. Vou continuar sentado aqui e bebendo até o fim, de propósito, como um sinal de que não os considero importantes. Continuarei sentado e bebendo, porque esta é uma casa pública e paguei meu ingresso. Sentarei aqui e beberei, pois os vejo como tantos peões, como peões inanimados. Sentarei aqui e beberei... e cantarei se quiser, sim, cantarei, pois tenho o direito de... cantar... H'm!"

Mas eu não cantei. Simplesmente tentei não olhar para nenhum deles. Assumi a atitude mais despreocupada e esperei com impaciência que eles falassem primeiro. Mas, infelizmente, eles não se dirigiram a mim! E como eu desejava, como eu desejava naquele momento me reconciliar com eles! Eram oito horas, finalmente nove. Eles passaram da mesa para o sofá. Zverkov se esticou em uma espreguiçadeira e colocou um pé em uma mesa redonda. O vinho foi trazido para lá. Ele, de fato, pediu três garrafas por conta própria. Eu, é claro, não fui convidado a me juntar a eles. Todos se sentaram ao redor dele no sofá. Eles o ouviam, quase com reverência. Era evidente que gostavam dele. "Para quê? Para quê?", eu me perguntava. De vez em quando, eles se entusiasmavam com a embriaguez e se beijavam. Falaram sobre o Cáucaso, sobre a natureza da verdadeira paixão, sobre beliches confortáveis no serviço, sobre a renda de um hussardo chamado Podharzhevsky, que nenhum deles conhecia pessoalmente, e se regozijavam com sua grandeza, sobre a extraordinária graça e beleza de uma princesa D., que nenhum deles jamais havia visto; depois, falaram sobre o fato de Shakespeare ser imortal.

Sorri com desprezo e andei para cima e para baixo do outro lado da sala, em frente ao sofá, da mesa até o fogão e vice-versa. Esforcei-me ao máximo para mostrar a eles que poderia passar sem eles e, ainda assim, propositalmente fiz barulho com minhas botas, batendo com os calcanhares. Mas foi tudo em vão. Eles não prestaram atenção. Tive a paciência de andar para cima e para baixo na frente deles das oito horas às onze, no mesmo lugar, da mesa ao fogão e vice-versa. "Eu ando para cima e para baixo para me agradar e ninguém pode me impedir." O garçom que entrou na sala parou, de tempos em tempos, para me olhar. Eu estava um pouco tonto por me virar com tanta frequência; em alguns momentos, parecia que eu estava delirando. Durante essas três horas, fiquei três vezes encharcado de suor e seco novamente. Às vezes, com uma dor intensa e aguda, eu era apunhalado no coração pelo pensamento de que dez anos, vinte anos, quarenta anos se passariam e que, mesmo daqui a quarenta anos, eu me lembraria com aversão e humilhação daqueles momentos mais imundos, ridículos e terríveis de minha vida. Ninguém poderia ter se esforçado para se degradar de forma mais vergonhosa, e eu tinha plena consciência disso, e mesmo assim continuei andando de um lado para o outro da mesa até o fogão. "Ah, se você soubesse de que pensamentos e sentimentos eu sou capaz, como sou culto!", pensei em alguns momentos, dirigindo-me mentalmente ao sofá em que meus inimigos estavam sentados. Mas meus inimigos se comportavam como se eu não estivesse na sala. Uma vez — apenas uma vez — eles se viraram para mim, justamente quando Zverkov estava falando sobre Shakespeare, e de repente dei uma risada desdenhosa. Ri de uma maneira tão afetada e repugnante que todos interromperam imediatamente a conversa e, em silêncio e gravemente, por dois minutos, observaram-me andando para cima e para baixo da mesa até o fogão, sem prestar atenção neles. Mas nada aconteceu: eles não disseram nada e, dois minutos depois, pararam de me notar novamente. Eram onze horas.

"Amigos", gritou Zverkov, levantando-se do sofá, "vamos todos embora agora!"

"É claro, é claro", concordaram os outros. Virei-me bruscamente para Zverkov. Eu estava tão atormentado, tão exausto, que teria cortado minha garganta para acabar com aquilo. Eu estava com febre; meu cabelo, encharcado de suor, grudava na testa e nas têmporas.

"Zverkov, peço perdão", eu disse abrupta e resolutamente. "Ferfitchkin, o seu também, e o de todos, o de todos: eu insultei todos vocês!"

"Ah! Um duelo não está em sua linha, meu velho", sibilou Ferfitchkin de forma venenosa.

Isso provocou uma forte pontada em meu coração.

"Não, não é do duelo que tenho medo, Ferfitchkin! Estou pronto para lutar com você amanhã, depois que nos reconciliarmos. Na verdade, eu insisto nisso e você não pode recusar. Quero lhe mostrar que não tenho medo de um duelo. Você atirará primeiro e eu atirarei para o ar".

"Ele está se consolando", disse Simonov.

"Ele está simplesmente delirando", disse Trudolyubov.

"Mas deixe-nos passar. Por que está barrando nosso caminho? O que você quer?" Zverkov respondeu com desdém.

Eles estavam todos corados, com os olhos brilhantes: tinham bebido muito.

"Peço sua amizade, Zverkov; eu o insultei, mas..."

"Insultado? Você me insultou? Entenda, senhor, que você nunca, em hipótese alguma, poderia me insultar."

"E isso é o suficiente para você. Saia do caminho!", concluiu Trudolyubov.

"Olympia é minha, amigos, isso está combinado!", gritou Zverkov.

"Não discutiremos seu direito, não discutiremos seu direito", responderam os outros, rindo.

Fiquei parado como se tivesse sido cuspido. O grupo saiu ruidosamente da sala. Trudolyubov tocou uma música idiota. Simonov ficou para trás por um momento para dar gorjeta aos garçons. De repente, fui até ele.

"Simonov! Me dê seis rublos!" disse eu, com uma resolução desesperada.

Ele me olhou com grande espanto, com os olhos vazios. Ele também estava bêbado.

"Você não quer dizer que virá conosco?"

"Sim."

"Não tenho dinheiro", disse ele, e com uma risada desdenhosa, saiu do quarto.

Agarrei-me ao seu paletó. Era um pesadelo.

"Simonov, eu vi que você tinha dinheiro. Por que está me recusando? Sou um canalha? Cuidado para não me recusar: se você soubesse, se soubesse por que estou pedindo! Todo o meu futuro, todos os meus planos dependem disso!"

Simonov sacou o dinheiro e quase o jogou em mim.

"Pegue-o, se você não tem senso de vergonha!", ele disse sem piedade, e correu para alcançá-los.

Fiquei sozinho por um momento. Desordem, os restos do jantar, uma taça de vinho quebrada no chão, vinho derramado, pontas de cigarro, vapores de bebida e delírio no meu cérebro, uma miséria agonizante no meu coração e, finalmente, o garçom, que tinha visto e ouvido tudo e estava olhando inquisitivamente para o meu rosto.

"Eu estou indo para lá!", gritei. "Ou todos eles se ajoelharão para implorar minha amizade, ou darei um tapa na cara de Zverkov!"

V

"Então é isso, finalmente é isso — contato com a vida real", murmurei enquanto descia as escadas correndo. "Isso é muito diferente do fato de o papa deixar Roma e ir para o Brasil, muito diferente do baile no Lago Como!"

"Você é um canalha", um pensamento passou por minha mente, "se você rir disso agora."

"Não importa!" gritei, respondendo a mim mesmo. "Agora tudo está perdido!"

Não havia nenhum rastro deles, mas isso não fazia diferença — eu sabia para onde eles tinham ido.

Nos degraus havia um solitário condutor de trenó noturno com um casaco rústico de camponês, coberto de pó da neve que ainda caía, úmida e, por assim dizer, quente. Estava quente e úmido. O pequeno cavalo malhado também estava coberto de neve e tossindo, lembro-me muito bem disso. Corri para o trenó rudimentar, mas assim que levantei o pé para entrar nele, a lembrança de como Simonov tinha acabado de me dar seis rublos pareceu me dobrar e caí no trenó como um saco.

"Não, preciso fazer muito para compensar tudo isso", gritei. "Mas vou compensar isso ou morrerei no local nesta mesma noite. Comecem!"

Partimos. Havia um perfeito turbilhão em minha cabeça.

"Eles não vão se ajoelhar para implorar por minha amizade. Isso é uma miragem, uma miragem barata, revoltante, romântica e fantástica — isso é outro baile no Lago Como. E por isso sou obrigado a dar um tapa na cara de Zverkov! É meu dever fazê-lo.

E assim está decidido. Estou voando para lhe dar um tapa na cara. Apresse-se!"

O motorista puxou as rédeas.

"Assim que eu entrar, vou lhe dar um tapa. Devo, antes de lhe dar o tapa, dizer algumas palavras como prefácio? Não. Simplesmente entrarei e lhe darei o tapa. Eles estarão todos sentados na sala de estar, e ele com Olympia no sofá. Aquela maldita Olympia! Ela riu da minha aparência em uma ocasião e me recusou. Vou puxar o cabelo de Olympia, puxar as orelhas de Zverkov! Não, melhor uma orelha, e o puxarei pela orelha pela sala. Talvez todos eles comecem a me bater e me expulsem. Isso é muito provável, de fato. Não importa! De qualquer forma, eu o esbofetearei primeiro; a iniciativa será minha; e, pelas leis de honra, isso é tudo, pois ele será marcado e não poderá apagar o tapa com nenhum golpe, nada além de um duelo. Ele será forçado a lutar. E que eles me derrotem agora. Deixem que eles, os desgraçados ingratos! Trudolyubov me baterá com mais força, porque é muito forte. Ferfitchkin certamente me agarrará de lado e puxará meu cabelo. Mas não importa, não importa! É isso que estou buscando. Os idiotas serão forçados, finalmente, a ver a tragédia de tudo isso! Quando eles me arrastarem até a porta, eu lhes direi que, na verdade, eles não valem meu dedo mindinho. Vamos lá, motorista, vamos lá!", gritei para o motorista. Ele começou a andar e sacudiu o chicote, pois eu gritava com tanta selvageria.

"Vamos lutar ao amanhecer, isso está decidido. Já acabei com o escritório. Ferfitchkin fez uma piada sobre isso agora mesmo. Mas onde posso conseguir pistolas? Que bobagem! Receberei meu salário adiantado e as comprarei. E pólvora e balas? Isso é assunto para o segundo. E como tudo isso pode ser feito até o amanhecer? E onde vou conseguir um segundo? Não tenho amigos. Que bobagem!", gritei, chicoteando-me cada vez mais. "Isso não tem importância! A primeira pessoa que eu encontrar na rua será o meu segundo acompanhante, assim como seria obrigado a tirar um homem que está se afogando da água. As coisas mais excêntricas podem acontecer. Mesmo que eu pedisse ao próprio diretor para ser meu segundo amanhã, ele seria obrigado a consentir, mesmo que apenas por um sentimento de cavalheirismo, e a manter o segredo! Anton Antonitch..."

O fato é que, naquele exato minuto, o absurdo repugnante do meu plano e o outro lado da questão estavam mais claros e vívidos em minha imaginação do que poderiam estar para qualquer pessoa na Terra. Mas...

"Suba, motorista, suba, seu malandro, suba!"

"Ugh, senhor!", disse o trabalhador.

De repente, um arrepio frio me percorreu. Não seria melhor... ir direto para casa? Meu Deus, meu Deus! Por que eu me convidei para esse jantar ontem? Mas não, é impossível. E o fato de eu andar para cima e para baixo durante três horas, da mesa ao fogão? Não, eles, eles e ninguém mais deve pagar por minha caminhada! Eles devem acabar com essa desonra! "Continue dirigindo!"

E se eles me prenderem? Eles não se atreverão! Terão medo do escândalo. E se Zverkov for tão desdenhoso a ponto de se recusar a lutar em um duelo? Ele certamente o fará; mas, nesse caso, eu lhes mostrarei... Vou aparecer na estação de Correios quando ele estiver partindo amanhã, vou pegá-lo pela perna, vou arrancar seu casaco quando ele entrar na carruagem. Vou cravar meus dentes em sua mão, vou mordê-lo. "Veja a que ponto você pode levar um homem desesperado!" Ele pode me bater na cabeça e eles podem me bater por trás. Eu gritarei para a multidão reunida: "Olhem para este jovem cachorrinho que está indo embora para cativar as garotas circassianas[30] depois de me deixar cuspir em seu rosto!"

É claro que, depois disso, tudo estará terminado! O escritório terá desaparecido da face da Terra. Serei preso, serei julgado, serei demitido do serviço, jogado na prisão, enviado para a Sibéria. Não importa! Em quinze anos, quando me soltarem da prisão, irei até ele, um mendigo, em trapos. Eu o encontrarei em alguma cidade do interior. Ele estará casado e feliz. Terá uma filha adulta... Eu lhe direi: "Olhe, monstro, para minhas bochechas encovadas e meus trapos! Perdi tudo — minha carreira, minha felicidade, arte, ciência, a mulher que amei e tudo por sua causa. Aqui estão as pistolas. Vim para descarregar minha pistola e... e eu... perdoá-lo. Então dispararei para o ar e ele não ouvirá mais falar de mim..."

Na verdade, eu estava a ponto de chorar, embora soubesse perfeitamente bem naquele momento que tudo isso estava fora do Silvio[31], de Pushkin, e do *Masquerade*[32], de Lermontov. Repentinamente, senti-me horrivelmente envergonhado, tão envergonhado que parei o cavalo, desci do trenó e fiquei parado na neve, no meio da rua. O motorista olhou para mim, suspirando e espantado.

O que eu deveria fazer? Eu não podia continuar ali — era evidentemente uma estupidez — e não podia deixar as coisas como estavam, porque isso pareceria... Céus, como eu poderia deixar as coisas! E depois de tantos insultos! "Não!", gritei, jogando-me

---

30 As circassianas eram mulheres da região das montanhas do Cáucaso, conquistada pelo Império Russo, quando a Circássia foi cedida pela Turquia. Reconhecidas tanto pela bela aparência quanto por seus penteados, uma delas foi citada pelo poeta britânico Lord Byron, ao descrever a venda de uma mulher circassiana escravizada em sua obra *Don Juan*.

31 Personagem da obra *O Tiro*, do escritor russo Alexander Pushkin, publicado pela primeira vez em 1831, a qual relata eventos de um posto militar avançado em uma província russa, abrangendo temas de honra, vingança e morte da sociedade de sua época.

32 *Masquerade* é uma peça escrita em versos, em 1835, pelo escritor romântico russo Mikhail Lermontov, a qual foi ambientada na sociedade aristocrática de São Petersburgo da década de 1830.

novamente no trenó. "Foi ordenado! É o destino! Siga em frente, siga em frente!"

E, em minha impaciência, dei um soco na nuca do condutor do trenó.

"O que você está fazendo? Por que está me batendo?", gritou o camponês, enquanto chicoteou o animal que puxava a carroça para que ele começasse a dar coices.

A neve molhada estava caindo em grandes flocos. Eu me desabotoei, sem me importar com isso. Esqueci-me de tudo o mais, pois finalmente havia decidido pelo tapa e senti com horror que ele aconteceria agora, de uma vez, e que nenhuma força poderia impedi-lo. As lâmpadas das ruas desertas brilhavam na escuridão da neve como tochas em um funeral. A neve se espalhou sob meu sobretudo, sob meu casaco, sob minha gravata, e derreteu ali. Não me agasalhei — de qualquer forma, tudo estava perdido.

Por fim, chegamos. Saltei, quase inconsciente, subi correndo os degraus e comecei a bater e a chutar a porta. Eu me sentia terrivelmente fraco, principalmente nas pernas e nos joelhos. A porta foi aberta rapidamente, como se eles soubessem que eu estava chegando. Na verdade, Simonov os havia avisado que talvez outro cavalheiro chegasse, e esse era um lugar em que era preciso avisar e tomar certas precauções. Era um daqueles "estabelecimentos de chapelaria" que foram abolidos pela polícia há um bom tempo. Durante o dia, era realmente uma loja, mas à noite, se alguém fosse apresentado, poderia visitá-la para outros fins.

Atravessei rapidamente a loja escura até a sala de estar familiar, onde havia apenas uma vela acesa, e fiquei parado com espanto: não havia ninguém lá. "Onde eles estão?", perguntei a alguém. Mas a essa altura, é claro, eles haviam se separado. Diante de mim estava uma pessoa com um sorriso estúpido, a própria "madame", que havia me visto antes. Um minuto depois, uma porta se abriu e outra pessoa entrou.

Sem prestar atenção em nada, caminhei pela sala e, acredito, falei comigo mesmo. Senti-me como se tivesse sido salvo da morte e estava consciente disso, alegremente, o tempo todo. Eu deveria ter dado aquele tapa, com certeza, com certeza, eu deveria tê-lo dado! Mas, agora eles não estavam aqui e... tudo havia desaparecido e mudado! Olhei em volta. Ainda não conseguia perceber minha condição. Olhei mecanicamente para a garota que havia entrado e tive um vislumbre de um rosto fresco, jovem e um pouco pálido, com sobrancelhas retas e escuras e com olhos sérios, como se estivessem se perguntando, que me atraíram imediatamente. Eu a teria odiado se ela estivesse sorrindo. Comecei a olhar para ela com mais atenção e, por assim dizer, com esforço. Eu não havia reunido totalmente meus pensamentos. Havia algo simples e bem-humorado em seu rosto, mas algo estranhamente grave. Tenho certeza de que isso a atrapalhou até aqui, e nenhum daqueles tolos a notou. No entanto, ela não poderia ser considerada uma beldade, embora fosse alta, de aparência forte e bem constituída. Estava vestida com muita simplicidade. Algo repugnante se agitou dentro de mim. Fui direto até ela.

Por acaso, olhei para o vidro. Meu rosto atormentado me pareceu extremamente revoltante, pálido, irritado, abjeto, com os cabelos desgrenhados. "Não importa, estou feliz com isso", pensei; "estou feliz por parecer repulsivo para ela; eu gosto disso".

VI

... Em algum lugar atrás de uma tela, um relógio começou a chiar, como se estivesse oprimido por algo, como se alguém o estivesse estrangulando. Depois de um chiado anormalmente prolongado, seguiu-se um som estridente, desagradável e inesperadamente rápido, como se alguém estivesse subitamente pulando para frente. Foram duas batidas. Acordei, embora, na verdade, não estivesse dormindo, mas meio consciente.

Estava quase completamente escuro no quarto estreito, apertado e baixo, contendo um enorme guarda-roupa, pilhas de caixas de papelão e todos os tipos de objetos e lixo. A ponta da vela que estava acesa sobre a mesa estava se apagando e, de vez em quando, dava uma leve piscada. Em poucos minutos, a escuridão seria total.

Não demorei muito para voltar a mim, e tudo voltou à minha mente naquele momento, sem esforço, como se estivesse em uma emboscada para me atacar outra vez. E, de fato, mesmo enquanto eu estava inconsciente, um ponto parecia permanecer continuamente em minha memória, inesquecível, e, em torno dele, meus sonhos se moviam tristemente. Mas, por estranho que pareça, tudo o que havia acontecido comigo naquele dia me parecia, agora, ao acordar, estar em um passado muito, muito distante, como se eu tivesse vivido tudo aquilo há muito, muito tempo.

Minha cabeça estava cheia de vapores. Algo parecia estar pairando sobre mim, despertando-me, excitando-me e deixando-me inquieto. A miséria e o rancor pareciam estar surgindo em mim novamente e buscando uma saída. De repente, vi ao meu lado dois olhos bem abertos me examinando com curiosidade e persistência. O olhar naqueles olhos era friamente distante, mal-humorado, como se fosse totalmente remoto, e isso pesou sobre mim.

Uma ideia sombria surgiu em meu cérebro e percorreu todo o meu corpo, como uma sensação horrível, como a que se sente quando se entra em um porão úmido e mofado. Havia algo antinatural naqueles dois olhos, que só agora começavam a olhar para mim. Lembrei-me também de que, durante aquelas duas horas, eu não havia dito uma única palavra àquela criatura e, na verdade, havia considerado isso totalmente supérfluo. De fato, o silêncio, por algum motivo, havia me gratificado. Agora, de repente, percebi vividamente a ideia hedionda — revoltante como uma aranha — do vício, que, sem amor, começa grosseira e descaradamente com aquilo em que o verdadeiro amor encontra sua consumação. Por um longo tempo, ficamos nos olhando daquela maneira, mas ela não baixou os olhos diante dos meus e sua expressão não mudou, de modo que, por fim, senti-me desconfortável.

"Qual é o seu nome?", perguntei abruptamente, para acabar com o assunto.

"Liza", ela respondeu quase em um sussurro, mas de alguma forma longe de ser graciosa, e desviou o olhar.

Fiquei em silêncio.

"Que tempo! A neve... é nojenta!", eu disse, quase para mim mesmo, colocando o braço sob a cabeça, desanimado, e olhando para o teto.

Ela não respondeu. Isso era horrível.

"Você sempre morou em Petersburgo?", perguntei um minuto depois, quase com raiva, virando a cabeça ligeiramente para ela.

"Não."

"De onde você vem?"

"De Riga", respondeu ela com relutância.

"Você é alemã?"

"Não, russa."

"Você está aqui há muito tempo?"

"Onde?"

"Nesta casa?"

"Há quinze dias."

Ela falava cada vez mais bruscamente. A vela se apagou e eu não conseguia mais distinguir seu rosto.

"Você tem pai e mãe?"

"Sim... não... Eu tenho."

"Onde eles estão?"

"Lá... em Riga."

"O que eles são?"

"Oh, nada."

"Nada? Por que, de que classe eles são?"

"Comerciantes."

"Você sempre viveu com eles?"

"Sim."

"Quantos anos você tem?"

"Vinte."

"Por que você os deixou?"

"Ah, por nenhum motivo."

Essa resposta significava "Deixem-me em paz, porque estou me sentindo mal, triste".

Ficamos em silêncio.

Só Deus sabe por que não fui embora. Eu me sentia cada vez mais doente e triste. As imagens do dia anterior começaram a aparecer sozinhas, sem que eu quisesse, passando pela minha memória de forma confusa. De repente, lembrei-me de algo que havia visto naquela manhã, quando, cheio de pensamentos ansiosos, estava correndo para o escritório.

"Eu os vi carregando um caixão ontem e eles quase o deixaram cair", eu disse em voz alta, não que eu quisesse iniciar a conversa, mas como se fosse por acidente.

"Um caixão?"

"Sim, no Haymarket; eles o estavam trazendo de um porão."

"De um porão?"

"Não de um porão, mas de um porão. Ah, você sabe... lá embaixo... de uma casa de má fama. Era imunda por toda parte... Cascas de ovos, lixo... um fedor. Era repugnante".

Silêncio.

"Um dia horrível para ser enterrado", comecei, simplesmente para não ficar em silêncio.

"Nojento, em que sentido?"

"A neve, a umidade" (Bocejei).

"Não faz diferença", disse ela de repente, depois de um breve silêncio.

"Não, é horrível" (Bocejei novamente). "Os coveiros devem ter jurado que ficaram encharcados pela neve. E deve ter havido água no túmulo."

"Por que água na cova?", perguntou ela, com uma espécie de curiosidade, mas falando ainda mais ríspida e abruptamente do que antes.

De repente, comecei a me sentir provocado.

"Ora, deve ter havido água no fundo do túmulo a 30 centímetros de profundidade. Não se pode cavar uma sepultura seca no cemitério de Volkovo."

"Por quê?"

"Por quê? Porque o lugar está alagado. É um pântano comum. Então, eles os enterram na água. Eu mesmo já vi isso... muitas vezes".

(Eu nunca tinha visto isso, na verdade, nunca tinha estado em Volkovo e só tinha ouvido histórias sobre isso).

"Quer dizer que você não se importa como vai morrer?"

"Mas, por que eu deveria morrer?", indagou ela, como se estivesse se defendendo.

"Ora, um dia você morrerá, e morrerá da mesma forma que aquela mulher morta. Ela era... uma garota como você. Ela morreu de tuberculose."

"Uma prostituta teria morrido no hospital..." (Ela já sabe tudo sobre isso, pois ela disse "mulher", e não "garota").

"Ela estava em dívida com a senhora", respondi, cada vez mais provocado pela discussão. "E continuou ganhando dinheiro para ela até o fim, embora estivesse tuberculosa. Alguns marreteiros que estavam por perto falaram sobre ela para alguns soldados e lhes disseram isso. Sem dúvida, eles a conheciam. Eles estavam rindo. Iam se reunir em uma casa de ópio para brindar à sua memória".

Grande parte disso foi invenção minha. Seguiu-se um silêncio, um silêncio profundo. Ela não se mexeu.

"E é melhor morrer em um hospital?"

"Não é a mesma coisa? Além disso, por que eu deveria morrer?", ela acrescentou irritada.

"Se não for agora, um pouco mais tarde."

"Por que um pouco mais tarde?"

"Porque agora você é jovem, bonita, fresca e tem um preço alto. Mas, depois de mais um ano nesta vida, você será muito diferente — você irá embora."

"Em um ano?"

"De qualquer forma, em um ano você valerá menos", continuei malignamente. "Você passará daqui para algo mais baixo, outra casa; um ano depois, para uma terceira, cada vez mais baixa, e em sete anos você chegará a um porão no Haymarket. Isso se você tiver sorte. Mas seria muito pior se você pegasse alguma doença, digamos... e pegasse um resfriado, ou algo assim. Não é fácil superar uma doença em seu estilo de vida. Se você pegar alguma coisa, talvez não consiga se livrar dela. E assim você morreria."

"Ah, bem, então eu vou morrer", respondeu ela, de forma bastante vingativa, e fez um movimento rápido.

"Mas a gente sente muito."

"Lamentar por quem?"

"Sinto muito pela vida" (Silêncio).

"Você estava comprometida para se casar? Eh?"

"O que isso tem a ver com você?"

"Ah, não estou interrogando você. Não é nada para mim. Por que está tão irritada? É claro que você pode ter tido os próprios problemas. O que tenho a ver com isso? É simplesmente que eu senti pena".

"Sentiu pena de quem?"

"Sinto muito por você."

"Não precisa", sussurrou ela, quase inaudível, e novamente fez um movimento fraco.

Isso me irritou imediatamente. Eu estava sendo tão gentil com ela, e ela...

"Por que você acha que está no caminho certo?"

"Eu não acho nada."

"É isso que está errado, que você não pensa. Perceba isso enquanto ainda há tempo. Ainda há tempo. Você ainda é jovem, bonita, pode amar, casar-se, ser feliz..."

"Nem todas as mulheres casadas são felizes", ela respondeu no mesmo tom rude e abrupto que havia usado no início.

"Nem todas, é claro, mas de qualquer forma é muito melhor do que a vida aqui. Infinitamente melhor. Além disso, com amor é possível viver mesmo sem felicidade. Mesmo na tristeza, a vida é doce, não importa como se viva. Mas aqui, o que há além de... sujeira? Puxa!"

Eu me afastei com desgosto. Não estava mais raciocinando friamente. Comecei a sentir o que estava dizendo e me entusiasmei com o assunto. Eu já estava ansioso para expor as ideias queridas que eu havia remoído em meu canto. De repente, algo se acendeu em mim. Um objeto havia aparecido diante de mim.

"Não importa que eu esteja aqui, não sou um exemplo para você. Talvez eu seja pior do que você. No entanto, eu estava bêbado quando vim para cá", apressei-me a dizer em autodefesa. "Além disso, um homem não é um exemplo para uma mulher. É uma coisa diferente. Posso me degradar e me sujar, mas não sou escravo de ninguém. Eu entro e saio, e isso é o fim. Eu me livrei disso e me tornei um homem diferente. Mas você é um escravo desde o início. Sim, um escravo! Você abre mão de tudo, de toda a sua liberdade. Se quiser quebrar suas correntes depois, não conseguirá, pois ficará cada vez mais preso nas armadilhas. É uma escravidão maldita. Eu sei disso. Não vou falar de mais nada, talvez você não entenda, mas diga-me: sem dúvida você está em débito com sua senhora?" "Veja bem", acrescentei, embora ela não tivesse respondido, mas apenas escutado em silêncio, totalmente absorta, "isso é uma escravidão para você! Você nunca comprará sua liberdade. Eles se encarregarão disso. É como vender sua alma ao diabo... Além disso, talvez eu também seja tão azarado — como você sabe — e chafurde na lama de propósito, por miséria? Você sabe, os homens bebem por causa da tristeza; bem, talvez eu esteja aqui por causa da tristeza. Venha, diga-me, o que há de bom aqui? Aqui você e eu... nos reunimos... agora mesmo e não dissemos uma palavra um ao outro o tempo todo, e só depois você começou a me encarar como uma criatura selvagem, e eu a você. Isso é amoroso? É assim que um ser humano deve conhecer outro? É horrível, é o que é!"

"Sim!", ela concordou bruscamente e com pressa.

Fiquei positivamente surpreso com a prontidão desse "sim". Portanto, o mesmo pensamento pode ter passado por sua mente quando ela estava me encarando pouco antes. Então, ela também era capaz de ter certos pensamentos? "Droga, isso foi interessante, foi um ponto de semelhança!", pensei, quase esfregando as mãos. E, de fato, é fácil transformar uma alma jovem como essa!

Foi o exercício do meu poder que mais me atraiu.

Ela virou a cabeça para mais perto de mim e, na escuridão, pareceu-me que ela se apoiava no braço. Talvez estivesse me examinando. Como eu lamentava não poder ver seus olhos. Ouvi sua respiração profunda.

"Por que você veio aqui?", perguntei-lhe, já com um tom de autoridade em minha voz.

"Ah, eu não sei."

"Mas como seria bom morar na casa de seu pai! É aconchegante e livre; você tem um lar."

"Mas, e se for pior do que isso?"

"Preciso adotar o tom certo", passou por minha mente. "Talvez eu não vá longe com sentimentalismo". Contudo, foi apenas um pensamento momentâneo. Juro que ela realmente me interessava. Além disso, eu estava exausto e mal-humorado. E a astúcia facilmente anda de mãos dadas com o sentimento.

"Quem nega isso!", apressei-me em responder. "Tudo pode acontecer. Estou convencido de que alguém a prejudicou e que você está mais em pecado do que pecando. É claro que não sei nada sobre sua história, mas não é provável que uma garota como você tenha vindo aqui por vontade própria..."

"Uma garota como eu?", ela sussurrou, quase inaudível, mas eu ouvi.

Droga, eu a estava lisonjeando. Isso foi horrível. Mas talvez tenha sido uma coisa boa... Ela ficou em silêncio.

"Veja, Liza, vou lhe contar sobre mim. Se eu tivesse tido um lar desde a infância, não seria o que sou agora. Sempre penso nisso. Por pior que seja a casa, de qualquer forma eles são seu pai e sua mãe, e não inimigos, estranhos. Pelo menos uma vez por ano eles demonstrarão seu amor por você. De qualquer forma, você sabe que está em casa. Eu cresci sem um lar; e talvez seja por isso que me tornei tão... insensível".

Esperei novamente. "Talvez ela não entenda", pensei, "e, de fato, isso é absurdo — é moralismo".

"Se eu fosse pai e tivesse uma filha, acredito que amaria minha filha mais do que meus filhos, na verdade", comecei indiretamente, como se estivesse falando de outra coisa, para distrair a atenção dela. Devo confessar que fiquei corado.

"Por que isso?", ela perguntou.

Ah! Então ela estava ouvindo!

"Não sei, Liza. Conheci um pai que era um homem severo e austero, mas que costumava se ajoelhar diante da filha, beijar suas mãos, seus pés, ele não se cansava dela, na verdade. Quando ela dançava em festas, ele costumava ficar de pé por cinco horas seguidas, olhando para ela. Ele era louco por ela. Eu entendo isso! Ela adormecia cansada à noite, e ele acordava para beijá-la durante o sono e fazer o sinal da cruz sobre ela. Ele andava com um casaco velho e sujo, era mesquinho com todos os outros, mas gastava seu último centavo por ela, dando-lhe presentes caros, e ficava muito feliz quando ela ficava satisfeita com o que ele lhe dava. Os pais sempre amam suas filhas mais do que as mães. Algumas meninas vivem felizes em casa! E acredito que eu nunca deveria deixar minhas filhas se casarem."

"E agora?", disse ela, com um leve sorriso.

"Eu deveria ficar com ciúmes, realmente deveria. Só de pensar que ela beijaria outra pessoa! Que ela amaria um estranho mais do que seu pai! É doloroso imaginar isso. É claro que isso é uma bobagem, é claro que todo pai seria razoável no final. Mas acredito que antes de deixá-la se casar eu deveria me preocupar até a morte, deveria encontrar defeitos em todos os seus pretendentes. Mas eu deveria terminar deixando-a se casar com quem ela mesma amasse. Aquele que a filha ama sempre parece ser o pior para o pai, você sabe. É sempre assim. Muitos problemas familiares decorrem disso."

"Alguns ficam felizes em vender suas filhas, em vez de casá-las honradamente."

Ah, então era isso!

"Isso, Liza, acontece naquelas famílias malditas em que não há amor nem Deus", respondi calorosamente, "e onde não há amor, também não há bom senso. Existem famílias assim, é verdade, mas não estou falando delas. Você deve ter visto a maldade em sua família, se fala assim. Na verdade, você deve ter tido azar. Esse tipo de coisa acontece principalmente por causa da pobreza."

"E será que é melhor com a nobreza? Mesmo entre as pessoas pobres e honestas que vivem felizes?"

"Ora... sim. Talvez. Outra coisa, Liza, as pessoas gostam muito de contar seus problemas, mas não contam suas alegrias. Se as contassem como deveriam, veria que cada revelação tem felicidade suficiente para elas. E se tudo correr bem com a família, se a bênção de Deus estiver sobre ela, se o marido for bom, amá-la, cuidar de você e nunca a deixar? Há felicidade em uma família assim! Mesmo às vezes há felicidade em meio à tristeza e, de fato, a tristeza está em toda parte. Se você se casar, descobrirá por si mesma. Mas pense nos primeiros anos da vida de casada com alguém que você ama: que felicidade, que felicidade às vezes existe nisso! E, de fato, é algo comum. Nos primeiros anos, até as brigas com o marido terminam de forma feliz. Algumas mulheres começam a brigar com seus maridos só porque os amam. De fato, conheci uma mulher assim: ela parecia dizer que, por amar seu marido, ela o atormentava e o fazia sentir isso. Você sabe que pode atormentar um homem de propósito por amor. As mulheres são particularmente propensas a isso, pensando consigo mesmas: "Eu o amarei tanto, farei tanto por ele depois, que não é pecado atormentá-lo um pouco agora". E todos na casa se alegram ao vê-la, e você fica feliz, alegre, pacífica e honrada... Depois, há algumas mulheres que são ciumentas. Se ele sair para qualquer lugar — eu conheci uma mulher assim, ela não conseguia se conter, mas levantava-se à noite e saía correndo às escondidas para descobrir onde ele estava, se estava com alguma outra mulher. Isso é uma pena. E a mulher sabe que isso é errado, e seu coração lhe falha e ela sofre, mas ela ama — é tudo por amor. E como é bom fazer as pazes depois de brigas, reconhecer que está errada ou perdoá-lo! E os dois ficam tão felizes de uma só vez — como se tivessem se conhecido novamente, se casado de novo, como se o amor deles tivesse começado de novo. E ninguém, ninguém deveria saber o que acontece entre marido e mulher se eles se amam. E quaisquer que sejam as brigas entre eles, não devem chamar a própria mãe para julgá-los e contar histórias um do outro. Eles são os próprios juízes. O amor é um mistério sagrado e deve ser escondido de todos os outros olhos, aconteça o que acontecer. Isso o torna mais santo e melhor. Eles se respeitam mais, e muito se constrói com base no respeito. E se uma vez houve amor, se eles se casaram por amor, por que o amor deveria desaparecer? Com certeza é possível mantê-lo! É raro não conseguir mantê-lo. E se o marido for gentil e direto, por que o amor não duraria? A primeira fase do amor conjugal passará, é verdade, mas depois virá um amor ainda melhor.

Então, haverá a união das almas, eles terão tudo em comum, não haverá segredos entre eles. E quando tiverem filhos os momentos mais difíceis lhes parecerão felizes, desde que haja amor e coragem. Até a labuta será uma alegria, você pode se negar a comer por seus filhos e mesmo isso será uma alegria, eles o amarão por isso depois, assim você estará preparando seu futuro. À medida que as crianças crescem, você sente que é um exemplo, um apoio para elas, porque mesmo depois que você morrer seus filhos sempre manterão seus pensamentos e sentimentos em virtude de terem recebido de você, eles assumirão sua aparência e semelhança. Portanto, você vê que esse é um grande dever. Como ele pode deixar de aproximar o pai e a mãe? As pessoas dizem que é uma provação ter filhos. Quem diz isso? É uma felicidade celestial! Você gosta de crianças pequenas, Liza? Eu gosto muito delas. Sabe, um bebezinho rosado em seu peito, e qual marido não se sente tocado ao ver a esposa amamentando seu filho? Um bebê gordinho e rosado, esparramado e aconchegado, mãos e pés gordinhos, unhas limpinhas e minúsculas, tão minúsculas que dá vontade de rir ao olhar para elas, com olhos que parecem entender tudo. Enquanto mama, agarra-se ao seu peito com a mãozinha e brinca. Quando o pai se aproxima, a criança se afasta do seio, joga-se para trás, olha para o pai, ri, como se fosse terrivelmente engraçado, e volta a mamar. Ou morde o seio da mãe quando seus dentinhos estão nascendo, enquanto olha para ela de lado com seus olhinhos, como se dissesse: "Veja, estou mordendo! Isso não é felicidade quando estão os três juntos, marido, mulher e filho? É possível perdoar muita coisa por causa desses momentos. Sim, Liza, é preciso primeiro aprender a viver a si mesmo antes de culpar os outros!"

"É por meio de imagens como essas que se deve chegar a você", pensei comigo mesmo, embora tenha falado com sentimento real, e de repente fiquei vermelho. "E se ela de repente começasse a rir, o que eu faria então?" Essa ideia me levou à fúria. No final do meu discurso, eu estava realmente empolgado, e agora minha vaidade estava de alguma forma ferida. O silêncio continuou. Eu quase a cutuquei.

"Por que você...", ela começou e parou. Mas eu entendi: havia um tremor de algo diferente em sua voz, não abrupto, áspero e inflexível como antes, mas algo suave e envergonhado, tão envergonhado que de repente me senti ao mesmo tempo envergonhado e culpado.

"O quê?", perguntei, com terna curiosidade.

"Ora, você..."

"O quê?"

"Ora, você... fala de certa forma como um livro", disse ela, e novamente havia uma nota de ironia em sua voz.

Essa observação me fez sentir uma pontada no coração. Não era o que eu estava esperando.

Eu não entendia que ela estava escondendo seus sentimentos por meio da ironia, que esse é geralmente o último refúgio de pessoas modestas e de alma casta quando a privacidade de sua alma é invadida de forma grosseira e intrusiva, e que o orgulho delas faz se recusarem a se render até o último momento e evitarem expressar seus sentimentos diante de você. Eu deveria ter adivinhado a verdade pela timidez dela ao repetidamente se aproximar de seu sarcasmo, só conseguindo finalmente pronunciá-lo com um esforço. Mas eu não adivinhei, e um sentimento ruim tomou conta de mim.

"Espere um pouco!", pensei.

VII

"Oh, calma, Liza! Como você pode falar sobre ser como um livro, quando ele faz que até eu, uma pessoa de fora, me sinta mal? Embora eu não o veja como alguém de fora, pois, de fato, ele me toca no coração... É possível, é possível que você mesma não se sinta mal por estar aqui? Evidentemente, o hábito faz maravilhas! Só Deus sabe o que o hábito pode fazer com qualquer pessoa. Você pode pensar seriamente que nunca envelhecerá, que sempre terá boa aparência e que eles o manterão aqui para todo o sempre? Não digo nada sobre a repugnância da vida aqui... No entanto, deixe-me dizer uma coisa sobre isso — sobre sua vida atual, quero dizer, embora você seja jovem agora, atraente, simpática, com alma e sentimentos, você sabe que, assim que me recuperei, senti-me imediatamente doente por estar aqui com você! Só se pode vir aqui quando se está bêbado. Mas se você estivesse em qualquer outro lugar, vivendo como as pessoas boas vivem, eu talvez me sentisse mais do que atraído por você, poderia me apaixonar por você, ficar feliz com um olhar seu, quanto mais com uma palavra. Eu ficaria rondando sua porta, me ajoelharia diante de você, a veria como minha noiva e acharia uma honra poder fazer isso. Eu não ousaria ter um impulso de sua parte, mas não me sentiria bem. Não me atreveria a ter um pensamento impuro a seu respeito. Mas aqui, veja bem, eu sei que só tenho que assobiar e você precisa vir comigo, quer queira, quer não. Eu não consulto seus desejos, mas você os meus. O trabalhador mais humilde se contrata como operário, mas não se torna totalmente escravo. Além disso, ele sabe que será livre novamente em breve. Mas quando você será livre? Pense apenas no que está deixando de fazer aqui. Do que está se tornando escrava? É a sua alma, juntamente ao seu corpo, isto é, você está vendendo a sua alma, da qual não tem o direito de dispor! Você dá seu amor para ser ultrajado por todo bêbado! Amor! Mas isso é tudo, você sabe, é um diamante de valor inestimável, é o tesouro de uma donzela, o amor — motivo pelo qual um homem estaria pronto para dar a própria alma, para enfrentar a morte para ganhar esse amor. Mas quanto vale seu amor agora? Você está vendida, toda você, corpo e alma, e não há necessidade de lutar pelo amor quando você pode ter tudo sem amor. E você sabe que não há insulto maior para uma garota do que esse, entende? Com certeza, ouvi dizer que eles as confortam, pobres tolos, que as deixam ter os próprios amantes aqui. Mas você sabe que isso é apenas uma farsa, é apenas uma farsa, é apenas rir de você, e você se deixa levar por isso! Ora, você acha que ele realmente a ama, esse seu amante? Eu não acredito nisso. Como ele pode amá-la quando sabe que você pode ser chamada para longe dele a qualquer momento? Ele seria um sujeito baixo se o fizesse! Ele terá um pouco de respeito por você? O que você tem em comum com ele? Ele ri de você e a rouba — isso é tudo o que o amor dele significa! Você tem sorte se ele não bater em você. Muito provavelmente ele também bate em você. Pergunte a ele, se você tiver um, se ele se casará com você. Ele rirá da sua cara, se não cuspir nela ou lhe der uma surra –, embora talvez ele próprio não valha nem meio centavo. E por que você arruinou sua vida, se pensar bem? Pelo café que lhe dão para beber e pelas refeições fartas? Mas com que objetivo eles a estão alimentando? Uma garota honesta não conseguiria engolir a comida, pois saberia para que estava sendo alimentada. Você está endividada aqui e, é claro, sempre estará endividada, e continuará endividada até o fim, até que os visitantes daqui comecem a desprezá-la. E isso acontecerá em breve, não confie na sua juventude — tudo isso voa de trem expresso aqui, você sabe. Você será expulsa. E não apenas expulsa, pois, muito antes disso, começarão a importuná-la, a repreendê-la, a abusar de você, como se você não tivesse sacrificado sua saúde por eles, não tivesse jogado fora sua juventude e sua alma em benefício deles, mas como se você os tivesse arruinado, mendigado, roubado. E não espere que ninguém tome seu partido, porque as outras, suas companheiras, também a atacarão, conquistarão o favor deles, pois todos são escravos aqui, e há muito tempo perderam toda a consciência e piedade. Eles se tornaram totalmente vis, e nada na Terra é mais vil, mais repugnante e mais insultante do que o abuso deles. E você está abrindo mão de tudo aqui, incondicionalmente, da juventude, da saúde, da beleza e da esperança, e aos vinte e dois anos aparentará ter trinta e cinco, e terá sorte se não estiver doente, ore a Deus por isso! Sem dúvida, você está pensando agora que está se divertindo e não tem trabalho a fazer! No entanto, não há trabalho mais difícil ou mais terrível no mundo, nem nunca houve. Seria de se esperar que o coração ficasse exausto de lágrimas. E você não ousará dizer uma palavra, tampouco meia palavra, quando eles a expulsarem daqui. Você irá embora como se fosse a culpada. Você mudará para outra casa, depois para uma terceira, depois para outro lugar, até finalmente chegar ao Haymarket. Lá você será espancada a todo momento, pois isso é boa educação lá, os visitantes não sabem como ser amigáveis sem bater em você. Você não acredita que lá é tão odioso? Vá e veja por si mesma algum dia, você pode ver com os próprios olhos. Certa vez, em um dia de Ano Novo, vi uma mulher em uma porta. Eles a expulsaram para que ela sentisse o gosto da geada, pois estava chorando muito, e fecharam a porta atrás dela. Às nove horas da manhã, ela já estava bastante bêbada, desgrenhada, seminua, coberta de hematomas, com o rosto empoado, mas com um olho roxo, sangue escorrendo do nariz e dos dentes, algum taxista tinha acabado de lhe dar uma surra. Ela estava sentada nos degraus de pedra, com uma espécie de peixe salgado na mão, chorando, lamentando sua sorte e batendo com o peixe nos degraus, e os taxistas e soldados bêbados se aglomeravam na porta, provocando essa mulher. Você não acredita que algum dia será assim? Eu também lamentaria acreditar nisso, mas como você sabe? Talvez há dez, oito anos, aquela mesma mulher com o peixe salgado tenha chegado aqui fresca como um querubim, inocente, pura, sem conhecer o mal, corando a cada palavra. Talvez ela fosse como você, orgulhosa, pronta para se ofender, não como as outras. Talvez ela parecesse uma rainha e soubesse que a felicidade estava reservada para o homem que deveria amá-la e a quem ela deveria amar. Está vendo como tudo terminou? E se naquele exato momento, quando ela estava batendo nos degraus imundos com aquele peixe, bêbada e desgrenhada — e se naquele exato momento ela se lembrasse dos primeiros dias puros na casa de seu pai, quando ela costumava ir para a escola e o filho do vizinho a observava no caminho, declarando que a amaria enquanto vivesse, que dedicaria sua vida a ela, e quando eles juraram se amar para sempre e se casar assim que crescessem! Não, Liza, seria bom para você se morresse logo de tuberculose em algum canto, em algum porão, como aquela mulher de agora. No hospital, você acha? Você terá sorte se eles a levarem, mas e se você ainda for útil para a senhora aqui? A tuberculose é uma doença estranha, não é como a febre. O paciente continua esperando até o último minuto e diz que está bem. Ele se ilude e isso combina com sua senhora. Não duvide, é assim mesmo, porque você vendeu sua alma e, além disso, deve dinheiro, por isso não se atreve a dizer uma palavra. Mas quando você estiver morrendo, todos a abandonarão, todos se afastarão de você, pois então não haverá nada a receber de você. Além disso, eles a repreenderão por ocupar o lugar, por demorar tanto para morrer. Por mais que você implore, não conseguirá um gole de água sem ser maltratada. Eles dirão: 'Quando é que você vai embora, sua vagabunda nojenta, você não nos deixa dormir com seus gemidos, você deixa os cavalheiros doentes'. Isso é verdade, eu mesmo já ouvi dizer essas coisas. Eles a empurrarão para morrer no canto mais imundo do porão — na umidade e na escuridão. E quais serão seus pensamentos, deitada ali sozinha? Quando você morrer, mãos estranhas a deitarão, com resmungos e impaciência; ninguém a abençoará, ninguém suspirará por você, eles só querem se livrar de você o mais rápido possível; eles comprarão um caixão, levarão você para o túmulo, como fizeram com aquela pobre mulher hoje, e celebrarão sua memória na taverna. No túmulo, com granizo, sujeira, neve molhada — não há necessidade de se esforçarem por você. 'Deixe-a descer, Vanuha, pois é exatamente como a sorte dela — mesmo aqui, ela está de ponta-cabeça, a vagabunda. Encurte a corda, seu patife. Está tudo bem como está'. 'Tudo bem, não é? Ora, ela está do lado dela! Ela era uma criatura companheira, afinal de contas! Mas, não importa, jogue a terra sobre ela'. E eles não se importarão em perder muito tempo discutindo sobre você. Eles espalharão o barro azul molhado o mais rápido que puderem e irão para a taverna... e lá sua memória na Terra terminará; outras mulheres têm filhos para ir para o túmulo, pais, maridos, ao passo que para você não há lágrima nem suspiro nem lembrança; ninguém no mundo inteiro jamais virá até você, seu nome desaparecerá da face da Terra como se você nunca tivesse existido, nunca tivesse nascido! Nada além de sujeira e lama, por mais que você bata na tampa do seu caixão à noite, quando os mortos se levantam, por mais que você grite: 'Deixem-me sair, pessoas bondosas, para viver à luz do dia! Minha vida não foi vida alguma; minha vida foi jogada fora como um pano de prato; foi bebida na taverna em Haymarket; deixem-me sair, pessoas gentis, para viver no mundo novamente'".

E eu me esforcei tanto que comecei a sentir um nó na garganta, e... de repente parei, sentei-me desanimado e, curvando-me apreensivamente, comecei a ouvir com o coração batendo forte. Eu tinha motivos para estar preocupado.

Há algum tempo eu sentia que estava virando sua alma de cabeça para baixo e rasgando seu coração, e quanto mais me convencia disso, mais ansiosamente desejava alcançar meu objetivo da forma mais rápida e eficaz possível. Foi o exercício de minha habilidade que me levou; no entanto, não foi apenas o esporte...

Eu sabia que estava falando de forma rígida, artificial e mesmo livresca; na verdade, eu não conseguia falar a não ser "como um livro". Mas isso não me incomodava, porque eu sabia, eu sentia que deveria ser entendido e que esse jeito livresco poderia me ajudar. Mas agora, tendo alcançado meu efeito, fiquei subitamente em pânico. Nunca antes eu havia testemunhado tamanho desespero! Ela estava deitada de bruços, enfiando o rosto no travesseiro e segurando-o com as duas mãos. Seu coração estava sendo dilacerado. Seu corpo jovem tremia todo, como se estivesse em convulsões. Soluços reprimidos rasgavam seu peito e, de repente, irrompiam em choro e lamentação, e então ela se apertava mais contra o travesseiro: não queria que ninguém aqui, sequer uma alma viva, soubesse de sua angústia e de suas lágrimas. Ela mordia o travesseiro, mordia a mão até sangrar (vi isso depois) ou, enfiando os dedos nos cabelos desgrenhados, parecia rígida com o esforço de se conter, prendendo a respiração e cerrando os dentes. Comecei a dizer algo, implorando que ela se acalmasse, mas senti que não ousava. De repente, com uma espécie de arrepio frio, quase aterrorizado, comecei a me remexer no escuro, tentando me vestir às pressas para ir embora. Estava escuro. Embora eu tentasse ao máximo, não conseguia terminar de me vestir rapidamente. De repente, senti uma caixa de fósforos e um castiçal com uma vela inteira dentro. Assim que o quarto foi iluminado, Liza se levantou, sentou-se na cama e, com o rosto contorcido, com um sorriso meio insano, olhou para mim quase sem sentido. Sentei-me ao seu lado e peguei suas mãos, então ela se recompôs, fez um movimento impulsivo em minha direção, teria me agarrado, mas não ousou, e lentamente abaixou a cabeça diante de mim.

"Liza, minha querida, eu estava errado... perdoe-me, minha querida", comecei, mas ela apertou minha mão com tanta força que senti que estava dizendo a coisa errada e parei.

"Este é o meu endereço, Liza, venha até mim."

"Eu irei", respondeu ela resolutamente, com a cabeça ainda inclinada.

"Mas agora estou indo, adeus... até nos encontrarmos novamente."

Eu me levantei, e ela também se levantou e, de repente, ficou toda ruborizada, estremeceu, pegou um xale que estava em uma cadeira e se enrolou nele até o queixo. Ao fazer isso, ela deu outro sorriso doentio, corou e olhou para mim de forma estranha. Eu me senti miserável. Estava com pressa para ir embora — para desaparecer.

"Espere um minuto", disse ela, na passagem, bem na entrada da porta, parando-me com a mão em meu sobretudo. Ela apagou a vela com muita pressa e saiu correndo. Evidentemente, ela havia pensado em algo ou queria me mostrar alguma coisa. Enquanto fugia, ela corou, seus olhos brilharam e havia um sorriso em seus lábios — qual seria o significado disso? Contra minha vontade, esperei. Ela voltou um minuto depois com uma expressão que parecia pedir perdão por alguma coisa. De fato, não era o mesmo rosto, não era o mesmo olhar da noite anterior: mal-humorado, desconfiado e obstinado. Seus olhos agora eram suplicantes, suaves e, ao mesmo tempo, confiantes, carinhosos, tímidos. A expressão das crianças ao olharem para as pessoas de quem gostam muito e a quem estão pedindo um favor. Seus olhos eram cor de avelã claro, eram olhos adoráveis, cheios de vida e capazes de expressar tanto o amor quanto o ódio mal-humorado.

Sem dar nenhuma explicação, como se eu, como uma espécie de ser superior, devesse entender tudo sem explicações, ela me estendeu um pedaço de papel. Todo o seu rosto estava positivamente radiante naquele momento, com um triunfo ingênuo, quase infantil. Eu o desdobrei. Era uma carta para ela, de um estudante de Medicina ou de alguém do gênero — uma carta de amor muito florida e florida, mas extremamente respeitosa. Não me recordo agora das palavras, mas lembro-me bem de que, em meio às frases rebuscadas, era visível um sentimento genuíno, que não pode ser fingido. Quando terminei de lê-la, encontrei seus olhos brilhantes, questionadores e infantilmente impacientes fixos em mim. Ela fixou seus olhos em meu rosto e esperou impacientemente pelo que eu diria. Em poucas palavras, apressadamente, mas com uma espécie de alegria e orgulho, ela me explicou que tinha ido a um baile em algum lugar em uma casa particular, uma família de "pessoas muito legais, que não sabiam de nada, absolutamente nada, pois ela tinha vindo para cá há pouco tempo e tudo tinha acontecido... e ela não tinha decidido ficar e certamente iria embora assim que pagasse sua dívida..." e naquela festa havia o estudante que dançou com ela a noite toda.

Ele conversou com ela, e descobriu que a havia conhecido nos velhos tempos em Riga, quando eram crianças, haviam brincado juntos, mas há muito tempo — e ele conhecia os pais dela, mas sobre isso ele não sabia nada, nada mesmo, e não tinha nenhuma suspeita! E no dia seguinte ao baile (três dias atrás) ele havia enviado aquela carta por meio do amigo com quem ela havia ido à festa... e... bem, isso foi tudo.

Ela baixou os olhos brilhantes com uma espécie de timidez ao terminar.

A pobre garota estava guardando a carta daquele estudante como um tesouro precioso, e correu para buscá-la, seu único tesouro, porque não queria que eu fosse embora sem saber que ela também era honesta e genuinamente amada, que ela também era tratada com respeito. Sem dúvida, aquela carta estava destinada a ficar em sua caixa e não levar a nada. Mas, mesmo assim, tenho certeza de que ela a guardaria por toda a vida como um tesouro precioso, como seu orgulho e justificativa, e agora, naquele momento, ela havia pensado naquela carta e a trouxe com orgulho ingênuo para se erguer aos meus olhos, para que eu pudesse ver, para que eu também pudesse pensar bem dela. Não disse nada, apertei sua mão e saí. Eu queria tanto ir embora... Caminhei até em casa, apesar do fato de que a neve derretida ainda caía em flocos pesados. Eu estava exausto, arrasado, desnorteado. Mas, por trás dessa perplexidade, a verdade já estava brilhando. A verdade repugnante.

VIII

Passou algum tempo antes que eu consentisse em reconhecer essa verdade. Ao acordar de manhã, depois de algumas horas de sono pesado, ao perceber imediatamente tudo o que havia acontecido no dia anterior, fiquei positivamente surpreso com o sentimentalismo de minha última noite com Liza, com todos aqueles "gritos de horror e piedade". "Só de pensar em ter um ataque de histeria feminina, pah!" concluí. E por que eu lhe dirigi meu discurso? E se ela vier? Mas deixe-a vir, não importa... Obviamente, essa não era a questão principal e mais importante agora. Eu precisava me apressar e, a todo custo, salvar minha reputação aos olhos de Zverkov e Simonov o mais rápido possível. Essa era a questão principal. E eu estava tão ocupado naquela manhã que realmente me esqueci de Liza.

Antes de tudo, eu tinha de pagar imediatamente o que havia pedido emprestado no dia anterior a Simonov. Resolvi tomar uma medida desesperada: pedir quinze rublos emprestados a Anton Antonitch. Por sorte, ele estava de bom humor naquela manhã e me deu o dinheiro na mesma hora, no primeiro pedido. Fiquei tão feliz com isso que, enquanto assinava a nota com um ar arrogante, disse-lhe casualmente que na noite anterior "eu estava fazendo uma festa com alguns amigos no Hotel de Paris. Estávamos dando uma festa de despedida para um camarada, na verdade, eu poderia dizer um amigo de infância, e o senhor sabe — um ladrão desesperado, temerariamente mimado –, é claro, ele pertence a uma boa família e tem recursos consideráveis, uma carreira brilhante, é espirituoso, charmoso, um Lovelace normal, o senhor entende. Bebemos uma *meia dúzia* extra e..."

E deu tudo certo. Tudo isso foi dito com muita facilidade, sem restrições e com complacência.

Quando cheguei em casa, escrevi imediatamente para Simonov.

Até hoje me sinto admirado quando me lembro do tom verdadeiramente cavalheiresco, bem-humorado e sincero de minha carta. Com tato e boa educação e, acima de tudo, sem palavras supérfluas, eu me culpei por tudo o que havia acontecido. Defendi-me, "se é que realmente posso me defender", alegando que, como não estava acostumado a beber vinho, havia ficado embriagado com a primeira taça, que eu disse ter bebido antes de eles chegarem, enquanto os esperava no Hotel de Paris entre cinco e seis horas. Pedi perdão especialmente a Simonov. Pedi que ele transmitisse minhas explicações a todos os outros, especialmente a Zverkov, a quem "parecia me lembrar como se fosse um sonho" que eu havia insultado. Acrescentei que eu mesmo teria chamado todos eles, mas minha cabeça estava doendo e, além disso, eu não tinha coragem. Fiquei particularmente satisfeito com uma certa leveza, quase descuido (estritamente dentro dos limites da polidez, no entanto), que era aparente em meu estilo e, melhor do que quaisquer argumentos possíveis, deu-lhes a entender imediatamente que eu tinha uma visão bastante independente de "todo aquele desagrado da noite passada"; que eu não estava de forma alguma tão completamente arrasado como vocês, meus amigos, provavelmente imaginam; mas, ao contrário, encarava aquilo como um cavalheiro que se respeita serenamente deveria encarar. "Não se censura o passado de um jovem herói!"

"Há de fato uma brincadeira aristocrática nisso!" pensei com admiração, enquanto lia a carta. "E tudo isso se deve ao fato de eu ser um homem intelectual e culto! Outro homem em meu lugar não saberia como se livrar, mas aqui eu me safei e estou mais alegre do que nunca, e tudo porque sou "um homem culto e educado de nossos dias". E, de fato, talvez tudo se deva ao vinho de ontem. Minha nossa...! Não,

não foi o vinho. Eu não bebi absolutamente nada entre as cinco e as seis horas, quando estava esperando por eles. Eu havia mentido para Simonov, havia mentido descaradamente. De fato, eu não estava envergonhado agora... Apesar de tudo isso, o mais importante é que eu estava livre disso.

Coloquei seis rublos na carta, lacrei-a e pedi a Apollon que a levasse a Simonov. Quando soube que havia dinheiro na carta, Apollon ficou mais respeitoso e concordou em levar essa encomenda. Ao anoitecer, saí para uma caminhada. Minha cabeça ainda estava doendo e tonta depois de ontem. Mas, à medida que a noite chegava e o crepúsculo se tornava mais denso, minhas impressões e, em seguida, meus pensamentos, ficavam cada vez mais diferentes e confusos. Algo não estava morto dentro de mim, no fundo do meu coração e da minha consciência não morria, e isso se manifestava em uma depressão aguda. Na maior parte do tempo, eu caminhava pelas ruas comerciais mais movimentadas, ao longo da rua Myeshtchansky, ao longo da rua Sadovy e no jardim Yusupov. Sempre gostei particularmente de passear por essas ruas ao anoitecer, justamente quando havia multidões de trabalhadores de todos os tipos voltando para casa depois do trabalho diário, com rostos cheios de ansiedade. O que eu gostava era apenas daquela agitação barata, daquela prosa nua e crua. Naquela ocasião, a agitação das ruas me irritou mais do que nunca. Não conseguia entender o que havia de errado comigo, não conseguia encontrar a pista, algo parecia estar surgindo continuamente em minha alma, dolorosamente, e se recusando a ser apaziguado. Voltei para casa completamente perturbado, era como se algum crime estivesse pesando em minha consciência.

A ideia de que Liza estava chegando me preocupava continuamente. Parecia estranho para mim que de todas as minhas lembranças de ontem essa me atormentasse, por assim dizer, especialmente, de forma bastante distinta. Tudo o mais eu havia conseguido esquecer à noite. Ademais, eu o descartei e ainda estava perfeitamente satisfeito com minha carta para Simonov. Mas nesse ponto eu não estava nada satisfeito. Era como se eu estivesse preocupado apenas com Liza. "E se ela vier", eu pensava incessantemente, "bem, não importa, deixe-a vir! É horrível que ela veja, por exemplo, como eu vivo. Ontem eu parecia um grande herói para ela, mas agora, hã! É horrível que eu tenha me deixado levar tanto, que o quarto pareça o de um mendigo. Eu me obriguei a sair para jantar com um terno desses! E meu sofá de couro americano com o enchimento para fora. E meu roupão, que não me cobre, tão esfarrapado, e ela verá tudo isso e verá Apollon. Essa fera certamente a insultará. Ele se agarrará a ela para ser rude comigo. E eu, é claro, entrarei em pânico como sempre, começarei a me curvar diante dela e a puxar meu roupão em volta de mim, começarei a sorrir, a contar mentiras. Ah, que bestialidade! E não é a bestialidade que mais importa! Há algo mais importante, mais repugnante, mais vil! Sim, mais vil! E colocar essa máscara mentirosa e desonesta novamente...!

Quando cheguei a esse pensamento, fiquei furioso de uma só vez.

"Por que desonesta? Como desonesto? Eu estava falando com sinceridade ontem à noite. Lembro-me de que havia um sentimento verdadeiro em mim também. O que eu queria era despertar um sentimento honroso nela... Seu choro foi uma coisa boa, terá um bom efeito".

No entanto, eu não conseguia me sentir à vontade. Durante toda aquela noite, mesmo quando voltei para casa, mesmo depois das nove horas, quando calculei que Liza não poderia vir, ela ainda me assombrava e, o que era pior, ela voltava à minha mente sempre na mesma posição. Um momento de tudo o que havia acontecido na noite passada permaneceu vívido em minha imaginação, o momento em que risquei um fósforo e vi seu rosto pálido e distorcido, com seu olhar de tortura. E que sorriso lamentável, que antinatural, que sorriso distorcido ela tinha naquele momento! Mas eu não sabia que quinze anos depois ainda veria Liza em minha imaginação, sempre com o sorriso lamentável, distorcido e inadequado que estava em seu rosto naquele momento.

No dia seguinte, eu estava pronto novamente para considerar tudo aquilo como uma bobagem por causa do nervosismo excessivo e, acima de tudo, como um exagero. Eu estava sempre consciente desse meu ponto fraco e, às vezes, com muito medo dele. "Eu exagero em tudo, é aí que eu erro", eu repetia para mim mesmo a cada hora. Entretanto, "Liza provavelmente virá mesmo assim", era o refrão com o qual todas as minhas reflexões terminavam. Eu estava tão inquieto que às vezes ficava furioso: "Ela virá, com certeza virá!", eu gritava, correndo pelo quarto, "se não vier hoje, virá amanhã. Ela vai me descobrir! O maldito romantismo desses corações puros! Oh, a vileza — oh, a tolice — oh, a estupidez dessas "almas sentimentais miseráveis"! Por que, como não entender? Como alguém poderia deixar de entender...?"

Mas nesse ponto eu parei e, de fato, fiquei muito confuso.

E quão poucas, quão poucas palavras, pensei, de passagem, foram necessárias. Quão pouco do idílico (e afetado, livresco, artificialmente idílico também) foi suficiente para transformar toda uma vida humana de uma vez, de acordo com minha vontade. Isso é virgindade, com certeza! O frescor do solo!

Às vezes me ocorria a ideia de ir até ela, "contar-lhe tudo" e implorar que não viesse até mim. Mas esse pensamento despertou tanta ira em mim que acreditei que teria esmagado aquela "maldita" Liza se ela estivesse perto de mim naquele momento. Eu deveria tê-la insultado, cuspido nela, expulsado ela, batido nela!

No entanto, um dia se passou, outro e mais outro. Ela não apareceu. Então, comecei a ficar mais calmo. Eu me sentia particularmente corajoso e alegre depois das nove horas, e às vezes até começava a sonhar, e de forma bastante agradável. Eu me tornei a salvação de Liza, simplesmente porque ela veio até mim e eu falei com ela... Eu a desenvolvo, a educo. Finalmente, percebo que ela me ama, me ama apaixonadamente. Finjo não entender (não sei, no entanto, por que finjo, talvez apenas por efeito). Toda confusa, transfigurada, trêmula e soluçando, ela se joga aos meus pés e diz que sou seu salvador e que me ama mais do que tudo no mundo. Estou surpreso, mas... "Liza", eu digo, "você pode imaginar que eu não tenha percebido seu amor? Eu vi tudo, eu o adivinhei, mas não ousei me aproximar. Primeiro, porque eu tinha influência sobre você e tinha medo de que você se forçasse, por gratidão, a responder ao meu amor, tentasse despertar em seu coração um sentimento que talvez estivesse ausente, e eu não queria isso... porque seria tirania... seria indelicado (em suma, nesse ponto eu me lanço em sutilezas europeias inexplicavelmente elevadas, à moda George Sand[33]), mas agora, agora você é minha, você é minha criação, você é pura, você é boa, você é minha nobre esposa.

"Entre em minha casa com coragem e liberdade,

Sua legítima senhora estará lá".

Depois, começamos a viver juntos, saímos para o exterior e assim por diante. Na verdade, no fim das contas, isso me pareceu vulgar e comecei a falar mal de mim mesmo. Além disso, eles não a deixarão sair, "a vagabunda!" — pensei. Eles não as deixam sair muito facilmente, especialmente à noite (por alguma razão, imaginei que ela viria à noite, exatamente às sete horas). Embora ela tenha dito que ainda não era totalmente uma escrava lá, e que tinha certos direitos. Então, caramba! Que se dane tudo, ela virá, com certeza virá!

---

33 George Sand era o pseudônimo utilizado pela romancista francesa Amandine Aurore Lucile Dupin (1804-1876), considerada a maior escritora da França em razão de ter abordado problemas sociais em suas obras, idealizando um mundo em que o amor fraterno pudesse unir as classes sociais.

Foi bom, na verdade, que Apollon tenha distraído minha atenção naquele momento com sua grosseria. Ele me deixou sem paciência! Ele era a ruína de minha vida, a maldição lançada sobre mim pela Providência. Estávamos brigando continuamente há anos, e eu o odiava. Meu Deus, como eu o odiava! Acredito que nunca odiei ninguém em minha vida como o odiava, especialmente em alguns momentos. Ele era um homem idoso e digno, que trabalhava parte de seu tempo como alfaiate. Mas, por alguma razão desconhecida, ele me desprezava além de qualquer medida e me olhava de forma insuportável. Embora, na verdade, ele desprezasse todo mundo. Bastava olhar para aquela cabeça de linho, suavemente escovada, para o tufo de cabelo que ele penteava na testa e untava com óleo de girassol, para aquela boca digna, comprimida na forma da letra V, para sentir que se estava diante de um homem que nunca duvidava de si mesmo. Ele era um pedante, até o ponto mais extremo, o maior pedante que já conheci na Terra, e com isso tinha uma vaidade digna de Alexandre da Macedônia. Ele era apaixonado por cada botão de seu paletó, cada unha de seus dedos — absolutamente apaixonado por eles, e parecia! Em seu comportamento comigo, ele era um perfeito tirano, falava muito pouco comigo e, quando olhava para mim, lançava um olhar firme, majestosamente autoconfiante e invariavelmente irônico, que às vezes me deixava furiosa. Ele fazia seu trabalho com o ar de estar me fazendo o maior favor, embora não fizesse quase nada por mim e, na verdade, não se considerasse obrigado a fazer nada. Não havia dúvida de que ele me considerava o maior tolo do mundo, e o fato de "não ter se livrado de mim" era simplesmente porque podia receber meu salário todo mês. Ele consentia em não fazer nada por mim por sete rublos por mês. Muitos pecados deveriam ser perdoados pelo que sofri com ele. Meu ódio chegou a tal ponto que, às vezes, seus passos quase me levavam a convulsões. O que eu mais detestava era a maneira como ele pronunciava o S e o Z com o som de duplo S ou C, esse seu repugnante ceceio. Sua língua devia ser um pouco comprida demais ou algo do gênero, pois ele sempre balbuciava e parecia ter muito orgulho disso, imaginando que isso aumentava muito sua dignidade. Ele falava em um tom lento e medido, com as mãos atrás das costas e os olhos fixos no chão. Ele me irritava especialmente quando lia em voz alta os Salmos para si mesmo atrás de sua divisória. Travei muitas batalhas por causa dessa leitura! Mas ele gostava muito de ler em voz alta à noite, em uma voz lenta, uniforme e cantante, como se estivesse falando sobre os mortos. É interessante que tenha sido assim que ele terminou, pois ele se contrata para ler os Salmos sobre os mortos e, ao mesmo tempo, mata ratos e faz escurecimento. Mas naquela época eu não conseguia me livrar dele, era como se ele estivesse quimicamente combinado com minha existência. Além disso, nada o teria induzido a consentir em me deixar. Eu não podia viver em alojamentos mobiliados, porque meu alojamento era minha solidão particular, minha concha, minha caverna, no qual eu me escondia de toda a humanidade, e Apollon me parecia, por alguma razão, parte integrante daquele apartamento, e por sete anos eu não pude mandá-lo embora.

Estar dois ou três dias atrasado com seu salário, por exemplo, era impossível. Ele teria feito tanto barulho que eu não saberia onde esconder minha cabeça. Mas eu estava tão exasperado com todos naqueles dias que decidi, por algum motivo e com algum objetivo, punir Apollon e não lhe pagar por quinze dias os salários que lhe eram devidos. Há muito tempo — nos últimos dois anos — eu vinha planejando fazer isso, simplesmente para ensiná-lo a não se irritar comigo e para mostrar-lhe que, se eu quisesse, poderia reter seu salário. Eu pretendia não dizer nada a ele sobre isso e, de fato, fiquei propositalmente em silêncio, a fim de acabar com seu orgulho e forçá-lo a ser o primeiro a falar sobre seu salário. Então, eu tirava os sete rublos de uma gaveta, mostrava-lhe que tinha o dinheiro reservado de propósito, mas que não pagaria, não pagaria, simplesmente não lhe pagaria o salário, não pagaria só porque era "o que eu queria", porque "eu sou o patrão e cabe a mim decidir", porque ele tinha sido desrespeitoso, porque tinha sido rude; mas se ele pedisse respeitosamente, eu poderia ser mais brando e lhe daria o dinheiro, caso contrário, ele poderia esperar mais quinze dias, mais três semanas, um mês inteiro...

Mas, por mais irritado que eu estivesse, ele levou a melhor. Não consegui resistir por quatro dias. Ele começou como sempre começa nesses casos, pois já houve casos assim, já houve tentativas (e deve-se observar que eu sabia de tudo isso de antemão, conhecia de cor suas táticas desagradáveis). Ele começava fixando em mim um olhar extremamente severo, mantendo-o por vários minutos de cada vez, principalmente quando me encontrava ou me via fora de casa. Se eu aguentasse e fingisse não perceber esses olhares, ainda em silêncio ele prosseguia com outras torturas. De uma só vez, sem que nada o fizesse prever, ele entrava em meu quarto, quando eu estava andando de um lado para o outro ou lendo, ficava parado na porta, com uma mão atrás das costas e um pé atrás do outro, e fixava em mim um olhar mais do que severo, totalmente desdenhoso. Se eu perguntasse a ele o que queria, ele não respondia, mas continuava a me encarar persistentemente por alguns segundos e, então, com uma compressão peculiar dos lábios e um ar muito significativo, deliberadamente se virava e voltava para seu quarto. Duas horas depois, ele saía novamente e se apresentava diante de mim da mesma maneira. Aconteceu que, em minha fúria, sequer perguntei o que ele queria, mas simplesmente levantei a cabeça de forma brusca e imperiosa e comecei a encará-lo. Assim, ficamos nos encarando por dois minutos. Por fim, ele se virou com deliberação e dignidade e voltou novamente por duas horas.

Se tudo isso não me levasse à razão, mas eu persistisse em minha revolta, ele começava a suspirar de repente enquanto me olhava, suspiros longos e profundos, como se medisse com eles as profundezas de minha degradação moral e, é claro, isso terminava com seu triunfo completo: eu me enfureci e gritei, mas ainda assim fui forçado a fazer o que ele queria.

Dessa vez, as manobras habituais de olhares fixos mal haviam começado quando perdi a paciência e o ataquei com fúria. Eu estava irritado além de minha capacidade de resistência, além dele.

"Fique", gritei, em um frenesi, enquanto ele se virava lenta e silenciosamente, com uma mão atrás das costas, para ir ao seu quarto. "Fique! Volte, volte, eu lhe digo!" E devo ter gritado de forma tão anormal que ele se virou e até me olhou com certo espanto. No entanto, ele persistiu em não dizer nada, o que me enfureceu.

"Como ousa vir me olhar desse jeito sem ser chamado? Responda!"

Depois de olhar para mim calmamente por meio minuto, ele começou a se virar novamente.

"Fique!", gritei, correndo até ele, "não se mexa! Não se mexa! Responda agora: o que você veio ver?"

"Se o senhor tem alguma ordem para me dar, será meu dever cumpri-la", respondeu ele, depois de outra pausa silenciosa, com um ceceio lento e medido, erguendo as sobrancelhas e girando calmamente a cabeça de um lado para o outro, tudo isso com uma compostura exasperante.

"Não é sobre isso que estou lhe perguntando, seu torturador!", gritei, ficando vermelho de raiva. "Eu mesmo lhe direi por que veio aqui: veja, eu não lhe dou o seu salário, você é tão orgulhoso que não quer se curvar e pedir por ele, e então você vem me punir com seus olhares estúpidos, para me preocupar e você não tem a menor ideia de como isso é estúpido — estúpido, estúpido, estúpido, estúpido...!"

Ele teria se virado novamente sem dizer uma palavra, mas eu o agarrei.

"Ouça", gritei para ele. "Aqui está o dinheiro, veja, aqui está" (tirei--o da gaveta da mesa). "Aqui estão os sete rublos completos, mas você não vai recebê-lo, você... não... vai... recebê-lo até que venha respeitosamente, de cabeça baixa, pedir perdão. Está ouvindo?"

"Não pode ser", respondeu ele, com a mais antinatural autoconfiança.

"Será assim", eu disse, "dou-lhe minha palavra de honra, será assim!"

"E não há nada para eu pedir seu perdão", continuou ele, como se não tivesse notado minhas exclamações. "Além disso, você me chamou de 'torturador', e por isso posso intimá-lo a qualquer momento na delegacia de polícia por comportamento insultante."

"Vá, convoque-me", gritei, "vá imediatamente, neste exato minuto, neste exato segundo! Você é um torturador mesmo assim! Um torturador!"

Mas ele apenas olhou para mim, depois se virou e, independentemente de meus apelos, caminhou para seu quarto com um passo firme e sem olhar em volta.

"Se não fosse por Liza, nada disso teria acontecido", decidi em meu íntimo. Então, depois de esperar um minuto, fui para trás de seu biombo com um ar digno e solene, embora meu coração estivesse batendo lenta e violentamente.

"Apollon", eu disse em voz baixa e enfática, embora estivesse sem fôlego, "vá imediatamente, sem um minuto de atraso, e chame o policial".

Nesse meio tempo, ele havia se acomodado em sua mesa, colocado seus óculos e começado a costurar. Mas, ao ouvir minha ordem, ele começou a gargalhar.

"Imediatamente, vá agora mesmo! Vá em frente, ou então você não pode imaginar o que vai acontecer."

"Você certamente está fora de si", observou ele, sem sequer levantar a cabeça, balbuciando tão deliberadamente como sempre e enfiando a linha na agulha. "Quem já ouviu falar de um homem que manda chamar a polícia contra si mesmo? E quanto a estar com medo, você está se perturbando por nada, pois nada vai acontecer."

"Vá!", gritei, agarrando-o pelo ombro. Senti que o atacaria em um minuto.

Mas não notei que a porta da passagem se abriu suave e lentamente naquele instante e que um vulto entrou, parou e começou a nos olhar com perplexidade. Lá, agarrando meu cabelo com as duas mãos, encostei minha cabeça na parede e fiquei imóvel naquela posição.

Dois minutos depois, ouvi os passos deliberados de Apollon. "Há uma mulher perguntando por você", disse ele, olhando para mim com uma severidade peculiar. Então ele se afastou e deixou Liza entrar. Ele não queria ir embora, mas nos olhava com sarcasmo.

"Vá embora, vá embora", ordenei em desespero. Naquele momento, meu relógio começou a zunir e a chiar e bateu sete horas.

IX

"Entre em minha casa com coragem e liberdade,
Sua legítima senhora estará lá."

Eu estava diante dela esmagado, cabisbaixo, revoltantemente confuso, e acredito que sorri enquanto fazia o possível para me enrolar nas saias de meu roupão esfarrapado e amassado — exatamente como eu havia imaginado a cena pouco tempo antes, em um acesso de depressão. Depois de ficar sobre nós por alguns minutos, Apollon foi embora, mas isso não me deixou mais tranquilo. O que piorou a situação foi que ela também estava confusa, mais do que eu esperava. Ao me ver, é claro.

"Sente-se", eu disse mecanicamente, movendo uma cadeira até a mesa, e me sentei no sofá. Ela obedientemente sentou-se e olhou para mim com os olhos abertos, evidentemente esperando algo de mim. Essa expectativa ingênua me levou à fúria, mas eu me contive.

Ela deveria ter tentado não notar, como se tudo estivesse como sempre, mas em vez disso, ela... e eu senti vagamente que deveria fazê-la pagar caro por tudo isso.

"Você me encontrou em uma situação estranha, Liza", comecei gaguejando, mas sabendo que essa era a maneira errada de começar. "Não, não, não imagine nada", gritei, vendo que ela havia se ruborizado de repente. "Não tenho vergonha de minha pobreza... Pelo contrário, vejo minha pobreza com orgulho. Sou pobre, mas honrado... É possível ser pobre e honrado", murmurei. "No entanto... você gostaria de tomar chá...?"

"Não", ela estava começando.

"Espere um minuto."

Levantei-me e corri para Apollon. Eu tinha que sair da sala de alguma forma.

"Apollon", sussurrei com pressa, jogando diante dele os sete rublos que permaneceram o tempo todo em meu punho cerrado, "aqui está o seu salário, veja que eu o entrego a você, mas para isso você precisa vir em meu socorro, isto é, traga-me chá e uma dúzia de biscoitos do restaurante. Se você não for, vai me fazer um homem miserável! Você não sabe o que essa mulher é... Ela é — tudo! Você pode estar imaginando algo... Mas você não sabe o que é essa mulher...!"

Apollon, que já havia se sentado para trabalhar e colocado os óculos novamente, primeiro olhou de lado para o dinheiro, sem falar ou largar a agulha. Depois, sem prestar a menor atenção em mim ou dar qualquer resposta, continuou a se ocupar com a agulha, que ainda não havia enfiado. Esperei diante dele por três minutos com os braços cruzados como se fosse Napoleão. Minhas têmporas estavam úmidas de suor. Eu estava pálido, eu sentia isso. Mas, graças a Deus, ele deve ter ficado com pena, olhando para mim. Depois de enfiar a linha na agulha, ele deliberadamente se levantou de seu assento, deliberadamente se afastou da cadeira, deliberadamente tirou os óculos, deliberadamente contou o dinheiro e finalmente me perguntou por cima do ombro: "Quer me dar uma porção inteira?", e saiu deliberadamente da sala. Quando eu estava voltando para Liza, um pensamento me ocorreu no caminho: eu não deveria fugir assim como estava em meu roupão, não importa onde, e então deixar acontecer o que acontecesse?

Eu me sentei novamente. Ela me olhou com desconforto. Ficamos em silêncio por alguns minutos.

"Eu vou matá-lo", gritei de repente, batendo na mesa com o punho, de modo que a tinta jorrou do tinteiro.

"O que você está dizendo?", gritou ela.

"Vou matá-lo! Vou matá-lo!", gritei, batendo na mesa em um frenesi absoluto e, ao mesmo tempo, compreendendo completamente como era estúpido estar em tal frenesi. "Você não sabe, Liza, o que esse torturador é para mim. Ele é meu torturador... Ele foi agora buscar alguns biscoitos... ele..."

De repente, comecei a chorar. Foi um ataque histérico. Como me senti envergonhado em meio aos meus soluços, mas ainda assim não consegui contê-los.

Ela estava assustada.

"Qual é o problema? O que há de errado?", gritou ela, fazendo barulho ao meu redor.

"Água, me dê água, ali!", murmurei com uma voz fraca, embora estivesse consciente de que poderia ter passado muito bem sem água e sem murmurar com uma voz fraca. Mas eu estava, como se diz, fingindo, para salvar as aparências, embora o ataque fosse genuíno.

Ela me deu água, olhando para mim com perplexidade. Naquele momento, Apollon trouxe o chá. De repente, pareceu-me que aquele chá comum e prosaico era horrivelmente indigno e insignificante depois de tudo o que havia acontecido, e eu corei de vermelho. Liza olhou para Apollon com um alarme evidente. Ele saiu sem olhar para nenhum de nós.

"Liza, você me despreza?", perguntei, olhando para ela fixamente, tremendo de impaciência para saber o que ela estava pensando.

Ela estava confusa e não sabia o que responder.

"Beba seu chá", eu disse a ela com raiva. Eu estava com raiva de mim mesmo, mas, é claro, era ela quem teria de pagar por isso. Um rancor horrível contra ela surgiu de repente em meu coração. Acredito que eu poderia tê-la matado. Para me vingar dela, jurei internamente não dizer uma palavra sequer a ela o tempo todo. "Ela é a causa de tudo isso", pensei.

Nosso silêncio durou cinco minutos. O chá ficou sobre a mesa. Não tocamos nele. Cheguei a ponto de me abster propositalmente de começar para constrangê-la ainda mais. Era estranho para ela começar sozinha. Várias vezes ela olhou para mim com uma perplexidade triste. Eu estava obstinadamente em silêncio. É claro que eu mesmo era o principal prejudicado, pois tinha plena consciência da repugnante maldade de minha estupidez rancorosa e, ao mesmo tempo, não conseguia me conter.

"Eu quero... sair... de lá completamente", ela disse, para quebrar o silêncio de alguma forma, mas, pobre garota, isso era exatamente o que ela não deveria ter falado em um momento tão estúpido para um homem tão estúpido como eu. Meu coração doeu de pena por sua franqueza desnecessária e sem tato. Mas algo hediondo imediatamente sufocou toda a compaixão em mim, e mesmo provocou em mim um veneno maior. Não me importei com o que aconteceu. Passaram-se mais cinco minutos.

"Talvez eu esteja atrapalhando seu caminho", ela falou timidamente, quase inaudível, e estava se levantando.

Mas assim que vi esse primeiro impulso de dignidade ferida, tremi positivamente de raiva e imediatamente explodi.

"Por que você veio até mim? Diga-me isso, por favor?", perguntei, com a respiração ofegante e sem me importar com a conexão lógica de minhas palavras. Eu queria dizer tudo de uma vez, de uma só vez, sem sequer me preocupar sobre como começar. "Por que você veio? Responda, responda", gritei, mal sabendo o que estava fazendo. "Vou lhe dizer, minha boa menina, por que você veio. Você veio porque eu falei coisas sentimentais para você naquela época. Então, agora você está mole como manteiga e desejando bons sentimentos novamente. Portanto, saiba que eu estava rindo de você naquela época. E estou rindo de você agora. Por que está tremendo? Sim, eu estava rindo de você! Eu havia sido insultado pouco antes, durante o jantar, pelos companheiros que vieram antes de mim naquela noite. Fui até você com a intenção de espancar um deles, um oficial, mas não consegui, não o encontrei. Então, tive de me vingar do insulto em alguém para me recuperar. Foi quando você apareceu, descarreguei minha raiva em você e ri de você. Eu havia sido humilhado, então quis humilhar. Eu havia sido tratado como um trapo, então quis mostrar meu poder... Foi isso que aconteceu, e você imaginou que eu tinha ido até lá de propósito para salvar você. Sim? Você imaginou isso? Você imaginou isso?"

Eu sabia que ela talvez ficasse confusa e não entendesse tudo exatamente, mas eu também sabia que ela entenderia a essência, e muito bem. E assim, de fato, ela entendeu. Ela ficou branca como um lenço, tentou dizer alguma coisa e seus lábios se mexeram dolorosamente, mas ela afundou em uma cadeira como se tivesse sido derrubada por um machado. E, depois disso, ficou o tempo todo me ouvindo com os lábios entreabertos e os olhos arregalados, tremendo de terror. O cinismo, o cinismo de minhas palavras a dominou...

"Salvar você!", continuei, enquanto pulava da cadeira e correndo para cima e para baixo na sala diante dela. "Salvar você do quê? Talvez, eu mesmo seja pior do que você. Por que não me atirou isso na cara quando eu estava lhe dando aquele sermão? Por que você veio aqui? Foi para ler um sermão para nós? Poder, poder era o que eu queria na época, esporte era o que eu queria, eu queria arrancar suas lágrimas, sua humilhação, sua histeria — era o que eu queria na época! É claro que não consegui manter isso, porque sou uma criatura miserável, fiquei com medo e, sabe-se lá por que, dei-lhe meu endereço em minha tolice. Depois disso, antes de chegar em casa, eu estava xingando e falando palavrões por causa daquele endereço, eu já o odiava por causa das mentiras que lhe contei. Porque eu só gosto de brincar com as palavras, só de sonhar, mas, sabe, o que eu quero mesmo é que vocês vão para o inferno. É isso que eu quero. Quero paz. Sim, eu venderia meu mundo inteiro por um centavo, desde que me deixassem em paz. O mundo deve ir para a panela ou eu devo ficar sem meu chá? Eu digo que o mundo pode ir para a panela para mim, desde que eu sempre tenha meu chá. Você sabia disso ou não? Bem, de qualquer forma, eu sei que sou um canalha, um patife, um egoísta, um preguiçoso. Nos últimos três dias, tenho tremido só de pensar em sua chegada. E sabe o que tem me preocupado particularmente nesses três dias? O fato de eu ter me apresentado como um herói para você, e agora você me veria em um roupão rasgado e miserável, miserável e repugnante. Eu lhe disse há pouco que não me envergonhava de minha pobreza. Mas saiba que me envergonho dela, tenho mais vergonha dela do que de qualquer outra coisa, mais medo dela do que de ser descoberto se fosse um ladrão, porque sou tão vaidoso como se tivesse sido esfolado e o próprio ar que sopra sobre mim me machucasse. Certamente já deve ter percebido que nunca a perdoarei por ter me encontrado com esse roupão miserável, no momento em que eu estava voando para Apollon como um maldito. O salvador, o antigo herói, estava voando como um cão sarnento e desgrenhado para seu lacaio, e o lacaio estava zombando dele! E eu nunca o perdoarei pelas lágrimas que não pude deixar de derramar diante de você agora, como uma mulher tola envergonhada! E pelo que estou lhe confessando agora, também nunca o perdoarei! Sim, você deve responder por tudo isso, porque você apareceu assim, porque eu sou um canalha, porque eu sou o mais nojento, o mais estúpido, o mais absurdo e o mais invejoso de todos os vermes da Terra, que não são nem um pouco melhores do que eu, mas, sabe-se lá por que, nunca são confundidos. Eu sempre serei insultado por todos os piolhos, essa é a minha condenação! E o que eu tenho a ver com o fato de você não entender uma palavra disso? E o que me importa, o que me importa você, e se você vai se arruinar lá ou não? Você está entendendo? Como eu vou odiá-la agora, depois de dizer isso, por ter estado aqui e ouvido. Ora, não é uma vez na vida que um homem fala assim, e ainda por cima está histérico...! O que mais você quer? Por que ainda está me confrontando, depois de tudo isso? Por que está me preocupando? Por que você não vai embora?"

Mas, nesse momento, aconteceu uma coisa estranha. Eu estava tão acostumado a pensar e a imaginar tudo com base nos livros, e a imaginar tudo no mundo para mim mesmo, exatamente como eu o havia inventado em meus sonhos, que não consegui entender essa estranha circunstância de uma só vez. O que aconteceu foi o seguinte: Liza, insultada e arrasada por mim, entendeu muito mais do que eu imaginava. Ela entendeu de tudo isso o que uma mulher entende antes de tudo, se ela sente amor genuíno, ou seja, que eu mesmo estava infeliz.

A expressão assustada e ferida em seu rosto foi seguida primeiro por um olhar de triste perplexidade. Quando comecei a me chamar de canalha e de malandro e minhas lágrimas escorreram (acompanhada de lágrimas o tempo todo), todo o seu rosto se contraiu convulsivamente. Ela estava a ponto de se levantar e me impedir. Quando terminei, ela não deu atenção aos meus gritos: "Por que você está aqui, por que não vai embora?", mas percebeu apenas que devia ser muito difícil para mim dizer tudo aquilo. Além disso, ela estava tão abatida — pobre garota –, ela se considerava infinitamente inferior a mim. Como poderia sentir raiva ou ressentimento? De repente, ela se levantou da cadeira com um impulso irresistível e estendeu as mãos, ansiando por mim, embora ainda tímida e sem coragem de se mexer... Nesse momento, também senti uma repulsa em meu coração. Então, de repente, ela correu até mim, me abraçou e começou a chorar. Eu também não consegui me conter e solucei como nunca havia feito antes.

"Eles não vão me deixar... Eu não posso ser bom!", consegui articular as palavras. Depois, fui até o sofá, caí de bruços nele e chorei por um quarto de hora em verdadeira histeria. Ela se aproximou de mim, colocou os braços ao meu redor e ficou imóvel naquela posição. Mas o problema é que a histeria não podia durar para sempre (estou escrevendo a repugnante verdade). Deitado de bruços no sofá com o rosto enfiado no meu travesseiro de couro nojento, comecei a perceber, aos poucos, um sentimento distante, involuntário, mas irresistível, de que seria estranho para mim levantar a cabeça e olhar Liza diretamente no rosto. Por que eu estava com vergonha? Não sei, mas eu estava envergonhado. Também me veio à mente o pensamento de que nossos papéis agora estavam completamente mudados, que ela passava a ser a heroína, ao passo que eu era apenas uma criatura esmagada e humilhada, como ela havia sido diante de mim naquela noite — quatro dias antes... E tudo isso me veio à mente durante os minutos em que eu estava deitado de bruços no sofá.

Meu Deus! Certamente eu não estava com inveja dela naquela época.

Não sei, até hoje não consigo decidir, e naquela época, é claro, eu ainda era menos capaz de entender o que estava sentindo do que agora. Não consigo viver sem dominar e tiranizar alguém, mas... não há como explicar nada por meio do raciocínio e, portanto, é inútil argumentar.

No entanto, eu me venci e levantei a cabeça. Precisava fazer isso mais cedo ou mais tarde... e estou convencido até hoje de que foi justamente porque eu tinha vergonha de olhar para ela que outro sentimento se acendeu de repente e se inflamou em meu coração... um sentimento de domínio e posse. Meus olhos brilhavam de paixão e eu agarrava suas mãos com força. Como eu a odiava e como me senti atraído por ela naquele momento! Um sentimento intensificava o outro. Foi quase como um ato de vingança. No início, havia um olhar de espanto, até de terror em seu rosto, mas apenas por um instante. Ela me abraçou de forma calorosa e arrebatadora.

X

Um quarto de hora depois, eu estava correndo de um lado para o outro do quarto com uma impaciência frenética. De minuto em minuto, fui até o biombo e espiei Liza pela fresta. Ela estava sentada no chão, com a cabeça encostada na cama, e devia estar chorando. Mas ela não foi embora, e isso me irritou. Dessa vez, ela entendeu tudo. Finalmente, eu a havia insultado, mas... não há necessidade de descrever. Ela percebeu que minha explosão de paixão tinha sido simplesmente uma vingança, uma nova humilhação, e que ao meu ódio anterior, quase sem causa, foi adicionado agora um ódio pessoal, nascido da inveja... Embora eu não afirme positivamente que ela tenha entendido tudo isso claramente, ela entendeu perfeitamente que eu era um homem desprezível e, o que era pior, incapaz de amá-la.

Sei que me dirão que isso é incrível — mas é incrível ser tão rancoroso e estúpido como eu era. Pode-se acrescentar que era estranho eu não a amar ou, de qualquer forma, não apreciar seu amor. Por que isso é estranho? Em primeiro lugar, naquela época eu era incapaz de amar, pois, repito, para mim, amar significava tiranizar e mostrar minha superioridade moral. Nunca em minha vida fui capaz de imaginar qualquer outro tipo de amor e, hoje em dia, cheguei a ponto de às vezes pensar que o amor realmente consiste no direito — concedido livremente pelo objeto amado — de tiranizar sobre ele.

Mesmo em meus sonhos subterrâneos eu não imaginava o amor, a não ser como uma luta. Eu sempre começava com ódio e terminava com subjugação moral, e depois nunca sabia o que fazer com o objeto subjugado. E o que há para se admirar nisso, já que eu tinha conseguido me corromper tanto, já que eu estava tão fora de contato com a "vida real", a ponto de realmente pensar em repreendê-la e envergonhá-la por ter vindo até mim para ouvir "bons sentimentos". Sequer imaginava que ela não tinha vindo para ouvir bons sentimentos, mas para me amar, porque para uma mulher toda reforma, toda salvação de qualquer tipo de ruína e toda renovação moral está incluída no amor, e só pode se mostrar dessa forma.

Eu não a odiava tanto. No entanto, quando estava correndo pelo quarto e espiando pela fresta da tela estava apenas insuportavelmente oprimido por ela estar aqui. Eu queria que ela desaparecesse. Queria "paz", ser deixado sozinho em meu mundo subterrâneo. A vida real me oprimia tanto com sua novidade que eu mal conseguia respirar.

Mas vários minutos se passaram e ela ainda permanecia, sem se mexer, como se estivesse inconsciente. Tive a audácia de bater suavemente na tela, como se quisesse lembrá-la de algo... Ela se levantou, deu um pulo e voou em busca de seu lenço, seu chapéu, seu casaco, como se estivesse fugindo de mim... Dois minutos depois, ela saiu de trás da tela e olhou para mim com olhos pesados. Dei um sorriso malicioso, que, no entanto, foi forçado para manter as aparências, e me afastei de seus olhos.

"Adeus", disse ela, indo em direção à porta.

Corri até ela, peguei sua mão, abri a porta, enfiei algo nela e a fechei novamente. Em seguida, virei-me imediatamente e saí correndo para o outro canto da sala para evitar ser visto, de qualquer forma...

Eu pretendia mentir um momento depois — escrever que fiz isso acidentalmente, sem saber o que estava fazendo por tolice, por ter perdido a cabeça. Mas não quero mentir e, portanto, direi diretamente que abri a mão dela e coloquei o dinheiro nela...

por maldade. Veio-me à cabeça fazer isso enquanto eu corria para cima e para baixo na sala e ela estava sentada atrás da tela. Mas isso eu posso dizer com certeza: embora eu tenha feito essa crueldade de propósito, não foi um impulso do coração, mas veio de meu cérebro maligno. Essa crueldade foi tamanha, tão propositalmente inventada, tão completamente um produto do cérebro, dos livros, que eu não consegui mantê-la sequer por um minuto — primeiro, fugi para evitar vê-la e, depois, com vergonha e desespero, corri atrás de Liza. Abri a porta da passagem e comecei a tentar ouvir.

"Liza! Liza!", gritei na escada, mas em voz baixa, sem coragem. Não houve resposta, mas imaginei ter ouvido seus passos, mais abaixo na escada.

"Liza!" gritei, mais alto.

Não houve resposta. Naquele momento, ouvi a porta de vidro externa rígida se abrir pesadamente com um rangido e bater violentamente. O som ecoou escada acima.

Ela havia saído. Voltei para o meu quarto hesitante. Senti-me horrivelmente oprimido.

Fiquei parado na mesa, ao lado da cadeira em que ela havia se sentado, e olhei sem rumo à minha frente. Um minuto se passou e, de repente, comecei a me levantar, bem diante de mim, na mesa, vi... Em suma, vi uma cédula azul de cinco rublos amassada, a mesma que eu havia colocado em sua mão um minuto antes. Era a mesma nota, não poderia ser outra, não havia outra no apartamento. Então, ela conseguiu jogá-la de sua mão sobre a mesa no momento em que eu corri para o canto mais distante.

Que bom! Eu poderia ter esperado que ela fizesse isso. Será que eu esperava isso? Não, eu era tão egoísta, tão pouco respeitoso com meus semelhantes, que não podia sequer imaginar que ela faria isso. Eu não podia suportar isso. Um minuto depois, corri como um louco para me vestir o que pude ao acaso, e saí correndo atrás dela. Ela não podia estar a duzentos passos de distância quando corri para a rua.

Era uma noite tranquila e a neve estava caindo em massa e quase perpendicularmente, cobrindo a calçada e a rua vazia como se fosse um travesseiro. Não havia ninguém na rua, não se ouvia nenhum som. As lâmpadas da rua emitiam um brilho desconsolado e inútil. Corri duzentos passos até o cruzamento e parei.

Para onde ela tinha ido? E por que eu estava correndo atrás dela?

Por quê? Para cair diante dela, soluçar de remorso, beijar seus pés, implorar seu perdão! Eu ansiava por isso, todo o meu peito estava se despedaçando, e nunca, nunca me lembrarei daquele minuto com indiferença. "Mas, para quê?", pensei. "Será que eu não deveria começar a odiá-la, talvez, mesmo amanhã, só porque beijei seus pés hoje? Será que eu deveria lhe dar felicidade? Eu não havia reconhecido naquele dia, pela centésima vez, o meu valor? Não deveria torturá-la?"

Fiquei parado na neve, olhando para a escuridão conturbada e ponderando sobre isso.

"E não será melhor?", pensei fantasiosamente, depois em casa, abafando a dor viva de meu coração com sonhos fantásticos. "Não seria melhor que ela guardasse para sempre o ressentimento do insulto? Ressentimento — porque é purificação. É a consciência mais ardente e dolorosa! Amanhã eu teria contaminado sua alma e esgotado seu coração, ao passo que agora o sentimento de insulto nunca morrerá em seu coração e, por mais repugnante que seja a sujeira que a aguarda, o sentimento de insulto a elevará e a purificará... pelo ódio... hum...! talvez, também, pelo perdão... Mas será que tudo isso tornará as coisas mais fáceis para ela?"

De fato, farei aqui, por minha conta, uma pergunta ociosa: o que é melhor: felicidade barata ou sofrimentos exaltados? Bem, o que é melhor?

Foi assim que sonhei, sentado em casa naquela noite, quase morto pela dor em minha alma. Eu nunca havia suportado tanto sofrimento e remorso, mas será que, quando saí correndo do meu alojamento, eu poderia ter tido a menor dúvida de que deveria voltar no meio do caminho? Nunca mais encontrei Liza e nunca mais ouvi falar dela. Acrescentarei que fiquei por muito tempo satisfeito com a frase sobre o benefício do ressentimento e do ódio, apesar do fato de que quase adoeci de tanto sofrimento.

Mesmo agora, tantos anos depois, de alguma forma tudo isso é uma lembrança muito ruim. Tenho muitas lembranças ruins agora, mas... não seria melhor eu terminar minhas "Memórias" aqui? Acredito que cometi um erro ao começar a escrevê-las e, de qualquer forma, envergonhado durante todo o tempo em que escrevi esta história. Portanto, não se trata de literatura, mas de uma punição corretiva. Ora, contar longas histórias, mostrando como estraguei minha vida por apodrecer moralmente em meu canto, por falta de um ambiente adequado, por me divorciar da vida real e por ter rancor de meu mundo subterrâneo, certamente não seria interessante, porque um romance precisa de um herói, e todas as características de um anti-herói estão expressamente reunidas aqui, e o que mais importa é que tudo isso produz uma impressão desagradável em razão de estarmos todos divorciados da vida, somos todos aleijados, cada um de nós, mais ou menos. Estamos tão divorciados dela que sentimos imediatamente uma espécie de aversão à vida real e, portanto, não suportamos ser lembrados dela. Ora, quase chegamos a considerar a vida real como um esforço, quase como um trabalho árduo, e todos concordamos em particular que ela é melhor nos livros. E por que, às vezes, fazemos alarde e nos irritamos? Por que somos perversos e pedimos algo mais? Nós mesmos não sabemos o que. Seria pior para nós se nossas preces petulantes fossem atendidas. Vamos, experimente, dê a qualquer um de nós, por exemplo, um pouco mais de independência, solte nossas mãos, amplie as esferas de nossa atividade, afrouxe o controle e nós — sim, eu lhe asseguro — estaremos implorando para estar sob controle novamente, imediatamente. Sei que você provavelmente ficará com raiva de mim por isso e começará a gritar e a bater o pé. Falem por vocês mesmos, dirão, e por suas misérias em seus buracos subterrâneos, e não ousem dizer todos nós — desculpem-me, senhores, não estou me justificando com esse "todos nós". Quanto ao que me diz respeito em particular, apenas em minha vida levei ao extremo o que vocês não ousaram levar até a metade e, além disso, tomaram sua covardia por bom senso e encontraram conforto em enganar a si mesmos. Portanto, talvez, no final das contas, haja mais vida em mim do que em vocês. Analisem isso com mais cuidado! Ora, nós sequer sabemos o que significa viver agora, o que é e como se chama? Se nos deixarem sozinhos sem livros, ficaremos perdidos e confusos imediatamente. Não saberemos a que nos unir, a que nos apegar, o que amar e o que odiar, o que respeitar e o que desprezar. Somos oprimidos por sermos seres humanos — com um corpo e sangue individuais reais –, temos vergonha disso, achamos que é uma desgraça e tentamos nos esforçar para ser algum tipo de ser generalizado impossível. Somos natimortos e, por gerações passadas, fomos gerados, não por pais vivos, e isso nos convém cada vez mais. Estamos desenvolvendo um gosto por isso. Logo, conseguiremos nascer de alguma forma tomando como base uma ideia. Chega. Não quero escrever mais sobre o "subsolo".

[As anotações desse escritor que se fundamenta em paradoxos não terminam aqui. Ele não poderia se abster de continuar com elas, mas nos parece que podemos parar por aqui].

ENCONTRE MAIS
LIVROS COMO ESTE

Федоръ Достоевскій